U0101793

到妈祖故里过年

摄影 撰稿

装帧 题字

徐学仕

丙戌年秋记于壶公山下

乌丙安，中国艺术研究院教授、国际民俗学家协会最高资格会员、国家非物质文化遗产保护工作专家委员会副主任、中国民间文化抢救工程专家委员会副主任、中国申报世界非物质文化遗产评审委员会评委、中国民俗学会名誉理事长。

乌 丙 安

　　2006年6月初，中华人民共和国国务院批准公布了第一批518项国家级非物质文化遗产代表作进入国家名录，福建省莆田市"湄州妈祖祭典"名列其中。这是中华民族复兴大业中发展和谐文化的一件大喜事，也是弘扬中华妈祖文化的一件盛事，更是全球华人妈祖信仰文化圈中、中华儿女精神生活中的一桩善举。湄州祖庙的"妈祖祭典"被批准为"国宝"，不仅对于建设和谐社会有多方面的意义，同时，对于弘扬妈祖文化，建设并完善中华民族的精神家园，为子孙后代造福，具有不可取代的历史文化价值和意义。

　　国宝"妈祖祭典"之所以被批准为国家级非物质文化遗产代表作，不仅仅是因为该项文化遗产本身具备了多方面的充分条件，更重要的是因为，妈祖文化的由来和发展决不是无源之水和无本之木，按照民俗文化发生发展的基本规律，它必然地源于当地深厚的民俗文化根脉和文化土壤。徐学仕先生的著作《到妈祖故里过年》一书，就以它图文并茂的篇章解读并印证了这一个重要的文化法则。

　　以妈祖故里民俗为标志的莆田地区民俗特色文化，充分展现了中华年俗原形态文化的丰富性和杰出的创造性。这种古老的地域性本土民俗特色文化，经过千百年来的广泛传播和世代传承，已经发展成为波及海峡两岸和五大洲华人社区聚落的民俗文化圈层，已经产生了落地生根并开花结果的大文化传播的积极效果，并且已经转化为广大地区亿万华人的精神力量和物质力量，令世人惊叹和赞美。莆田地区深厚的民俗文化，具有鲜明的促进中华民族文化认同的巨大感召力；具有启迪亿万民众群体同心同德、同呼吸共命运的强大凝聚力；具有增强全民族团结和增进全社会稳定的巨大向心力。同时，以其深情厚意的人文关怀和悲天悯人的精神鼓舞，构成了难能可贵的和谐的文化交流与文化共享的重要纽带。

　　莆田地区独具特色的民俗文化，以其强大的生命力对维系中华民族优秀文化的传承，具有重要意义。在社会转型和变革中，中华民族文化传统受到了全球化、西方化包括外来霸权文化入侵的严重干扰和破坏，在某种程度上优秀文化传统已经处于缺乏保护的濒危状态，在许多方面临弱化失传的危险。在我国当前社会的许多角落，优秀传统文化中的道德观、人生观和价值观，已经并正在遭到破坏，许多令人震惊和痛心的负面事例提示人们，良好的道德底线已经被冲破，因此，传统民俗文化中济世救人等等无私广济的精神亟待弘扬。

　　为此，我认为只要认真阅读徐学仕著作的这本《到妈祖故里过年》一书，就会自然而然地产生和上述许多认知和感悟相类似或相一致的联想。同时也一定会认定书中很多珍贵的图片都具有不可多得的民俗文化史价值。

　　在普天同庆的国庆日阅读这本《到妈祖故里过年》，不仅赏心悦目，而且对增强自己抢救和保护民俗文化遗产的信心，也大有益处。

　　是为序。

杨恩璞，北京电影学院教授、中国民俗摄影学会副会长、中国著名摄影理论家，多次出任国家电影政府奖、夏衍电影文学奖、全国人口文化奖以及国际、中国摄影界影赛和影展评委。

杨 恩 璞

摄影，在从前的媒体出版物中只是起配图作用，别人的报道或论著有了空白地方，才想到拿摄影图片来点缀一下。即使有的照片有文献、见证价值，在书本和版面里不可缺少，但做学问的还是学者和作家，摄影家自己很少开题发表著作。

20世纪后期，世界文化发展进入"读图时代"，摄影家不仅为媒体提供图片，而且有的已经不甘于配角地位，成了某方面的学者，用图片来发表自己的发现和观点。福建莆田摄影家徐学仕就是成功的一例，他从1994年起，花了十多年心血创作的影集《到妈祖故里过年》，比较完整地记述了"海上女神"妈祖的生平、传闻，以及发展为民俗文化和妈祖信仰的历史。特别引人注目的是，该著作的史料、观点、考证都是运用自己拍摄的组照来表述的。该书不仅视野开阔、形象，而且具有相当的人文学术价值，所以我认为，与其说这是本画册、影集，不如说是新型的学术著作。

徐学仕之所以能创作出这本以图像为主的民俗研究读物，绝非偶然。正如作者在《乡村视野中的莆田民俗》和《后记》等章节中说，除了吃苦奋斗外，关键还在于摄影观念的升华。他从影开始时也像许多发烧友那样喜欢拍摄色彩华丽、浮光掠影的场景，追求光影、色彩和构图等表层技巧。后来他认识到摄影的文化品位和历史使命，于是就排除浮躁，谢绝应酬，深入开掘妈祖文化的内涵。

说到这里，我特别要强调的是：摄影决不仅仅是旅游纪念、娱乐消遣，更重要的是图像文化，而且是诸多学科都能运用的大文化，它能为地理探险、考古发掘、医学研究、社会调查、战例论证等提供实证，尤其在民俗研究方面，摄影更是起到文字无法替代的作用。随着现代化经济的发展，世界一体化的进程加快了传统民俗的消亡，面对如此严峻的情况怎么办？徐学仕的《到妈祖故里过年》给我们提供了有益的启示：摄影"一图胜万言"，充分利用摄影记录和论述正在消退的民俗活动，是保护和传承非物质的文化遗产最有效的手段。

此外，还值得一说的是本书的摄影造型风格和镜头语言。《到妈祖故里过年》的品性定位是民俗研究著作，所以作者没有迷恋于艺术表现的虚荣，扎扎实实地追求返璞归真的叙述语态。作者不仅善于即兴抓拍人物活动，如74页的娱神、88页的踏火、90页的打刺球；而且熟练地再现了现场原生态的光照气氛，例如25页的天井光束、57页的烛光、66页的灯会、93页的穿箩等。在我国民俗摄影创作中存在着定位模糊现象，有些作品过多采用人为加工，把民俗活动拍摄得似同舞台表演；还有些作品忽视民俗的内容，只是讲究造型完美，结果往往是捡了艺术技巧的芝麻，丢了历史真相的西瓜。与此相比，徐学仕的摄影就显得难能可贵。

妈祖，在海内外具有深远影响。我曾拍摄过远洋航海，也到过宝岛台湾采访，所到之处经常看到人们对她顶礼膜拜。人们在她身上寄托着吉祥平安，通过她赞美助人为乐的道德，这种精神值得我们代代相传，所以出版本书对弘扬妈祖文化是大为有益的。

　　从腊月至二月，一个春节过两次年，到"福首"人家闹元宵，看人神共欢游艺表演，随出游队伍郊外踏春……。

　　古老神秘的民风民俗，让你亲身体会到，莆田原生态的民间习俗，有着它丰富的文化内涵，鲜活的历史价值，独特的样本意义，你会真正感受到，妈祖文化在这块土地上，根植得如此之 深，影响如此之大。

目录

到妈祖故里过年

开篇

妈祖诞生于莆田 妈祖信仰发端于莆田 妈祖文化深深根植于莆田

妈祖在我童年的生活记忆中是陌生的。"文革"期间，只是偶尔看到邻家阿婆在偷偷供奉的神龛前烧香祭拜，隐约中听闻"娘妈"的字眼，知道她能保佑平安。直到十年前，我才知道莆田人的"娘妈"就是妈祖。

千百年来，妈祖从一个民间普通女子上升为世人共敬的"天上圣母""海上女神"，她用她的慈爱和神奇传说，成为一条维系华人血脉的神圣纽带，乃至于"有海水的地方，就有华人；有华人的地方，就有妈祖"。妈祖不仅是莆田最重要的文化符号，也成为中华民族传统美德的象征。

出门在外，有时我说莆田还不一定有人知道，但一说到是来自妈祖的故乡，就无人不晓了。久而久之，我身为妈祖福佑的子民也成了我心中的骄傲。

湄洲祖庙南轴线建筑群

出生

妈祖名林默，生于北宋建隆元年（960）三月二十三晚。据明弘治年间《兴化府志》载，林默出生时天地变紫，有祥光异香；《三教源流搜神大全》载，母王氏"尝梦南海观音与优钵花吞之，已而孕，诞之日，异香闻里许，经久不散。"据说她出生到满月，不闻啼哭声，因此父亲给她取名林默。

贤良港天后祖祠

羽化

林默自幼聪慧，五岁能诵《观音经》，信佛焚香诵经、早晚不辍。十三岁，得一道士授以"玄微秘法"。十六岁开始常为乡亲治病消灾，博得大家赞许，称之为"神姑"、"龙女"。宋太宗雍熙四年（987）九月初九这天，她告别家人，直上湄峰最高处，这时，只见湄峰顶上浓云四起，一道白气冲上天空，四周回荡着丝竹管弦奏起的仙乐声，漫天彩虹辉映，妈祖乘长风驾祥云，翱翔于苍天红日之间，之后彩云布合，不可复见。

湄峰霞光

神化

从出生起妈祖便异于常人，流星般的28年间，她消灾去病、祷雨济民、救父寻兄、降伏二神、收伏二怪、解除水患、化草救商，留下许许多多美丽动人的传说。其中许多传说虽为后人臆造，但被接受而广为流传，使得人们在人与神之间揣度冥想。这种见义勇为、扶危济困、无私奉献的高尚情操植根于中华民族的传统文化，体现出中华民族的传统美德，成为妈祖从民间步入神坛的自然过渡。

祖庙

湄洲岛妈祖祖庙是世界上所有妈祖庙的祖庙。有记载称，原先妈祖庙仅是落落数椽，在千年历程中，几经兴废。1986年，经各地妈祖信众捐资重建，祖庙不但恢复了昔日尊荣，并新建殿堂楼阁35幢，形成了规模宏大、气势壮观的建筑群。1998年，又在南轴线新建五进式仿宋祖庙，正殿总建筑面积达到15000平方米，可同时容纳千人朝拜。整个祖庙矗立岛上，雄伟壮观，被誉为"海上布达拉宫、东方的麦加"，成为亿万信众敬仰的圣地。

湄洲祖庙妈祖金身像

分灵

分灵是外地妈祖庙到湄洲祖庙恭请神像和香火的仪式，也称"分神"。每逢祖庙庆贺活动或节日，外地虔诚的信众便会专程来到湄洲祖庙，敬请妈祖驾临该地妈祖宫观赏、赐福，事后香火留下。逢节庆，再进行请香仪式。每年三月廿三妈祖生日时上湄洲祖庙请香分灵的最多。目前全世界5000多座祖庙，都是从湄洲祖庙直接或间接分灵出去的。

褒封

妈祖羽化升天后，她的生平事迹在传说中不断神化，因其符合中华民族的传统美德，适应当时社会的需要，而多次得到朝廷的褒封。自宋宣和五年(1123)宋徽宗赐庙号"顺济"到清朝同治十一年（1872），先后得到4朝皇帝36次的褒扬诰封，从"夫人"、"妃"、"天妃"、"天后"直至"天上圣母"，达到了无以复加的地步。今天，妈祖已被世人称为"海上和平女神"。

祭典

妈祖祭典活动有其独特的方式和内容。主要有节日庆典、回娘家、祭器仪仗和有关民俗等。活动分大醮、清醮、出游三大类：大醮是指在大庆典时举行的祭祀仪式，如祖庙落成、开光、千年祭等，其活动规模宏大，形式隆重；清醮，即常年的纪念活动，如农历三月廿三妈祖生日，农历九月初九妈祖升天日，俗称春、秋祭；出游即春节元宵期间请妈祖巡游全境，扫荡妖气，庇护境内百姓平安顺意。

到

妈

祖

故

里

过

年

台湾50多家妈祖庙7000多名台胞到贤良港天后祖祠进香朝拜

妈祖在台湾

　　与湄洲岛一水之隔的台湾是妈祖信仰最盛的地区之一。据记载，宋时先民跨越风浪险恶的海峡时，便把妈祖作为保护神。进入台湾后，妈祖信仰在岛内迅速传播开来。目前，台湾民间祀奉妈祖的庙宇达1300多座，妈祖信众多达1600多万人。自1987年11月开放台胞赴大陆探亲旅游以来，每年都有大量台胞组团到湄洲岛进香朝拜，至2006年由台湾各妈祖庙组织信众赴湄洲祖庙进香的团体上万个，2006年9月，台湾妈祖联谊会大型进香团朝拜人数多达7000余人。1997年1月，湄洲妈祖金身应邀巡游台湾102天，万人空巷，场面壮观。

妈祖在世界

　　妈祖舍己救人、无私奉献的高尚品德是中华民族传统美德的浓缩。伴随着我国航海事业的发展，妈祖信仰得到了迅速的传播，妈祖作为海上保护神也随着华人的足迹遍布世界。目前，全世界从湄洲妈祖祖庙分灵出去的妈祖庙有5000多座，拥有信众2亿多人，其影响遍及日本、韩国、美国、阿根廷及东南亚等26个国家和地区。妈祖已成为跨越国界的神祇。

　　解不开的妈祖情缘，道不完的寻根佳话，千百年来，妈祖从一个民间普通女子上升为世人共敬的"天上圣母""海上女神"，她用她的慈爱和神奇铸就了一条维系华人血脉的"神圣纽带"。

　　妈祖不仅是莆田最重要的文化符号，更成为中华民族传统美德的象征。

文峰天后宫举行隆重仪式，迎接台湾进香团妈祖神像驻驾文峰天后宫

妈祖诞生在莆田，妈祖信仰源于莆田，妈祖文化作为中华传统文化的一部分，离不开"文献名邦"、"海滨邹鲁"的积淀。

兴化平原全景一

地 理

莆田古称"兴化"，位于福建中部，西北接戴云山脉，东南接台湾海峡，多重屏障的地缘特征形成封闭独立的社会环境。据载，5000年前新石器时期就有先民在这里繁衍生息，从事原始农作渔猎活动。古时兴化湾是一片浅海和沼泽地，经过先民一代接一代的围海造田，逐步形成兴化平原，到了晋唐五代，大量北方人迁入，不仅带来了先进的耕作技术，同时也带来了中原地区的生活习俗。

沉七洲 浮莆田

"沉七洲，浮莆田"，关于这句流传于民间的古老俗语有着不同的传说。一种传说有关行政区域上的变化，随着经济发展，陈光大二年（568）置莆田县，到了宋代莆田上升为兴化的治所，兴化军由原来一个县上升为一个"洲"，这在福建历史上是独一无二的。它的区域虽小，却成为与福州、建州、泉州、漳州、汀州、南剑州和邵武军平行的行政区域，"七闽"也成了"八闽"了。

另一种说法有关自然地理的变迁。古时兴化湾有一片浅海和沼泽地，其中有7块大沙洲，经过先民们一代接一代的围海造田，原来在海中的洲变成了陆地，逐步形成了兴化平原，从而"浮出了一个莆田"。

不同的传说印证同一个事实，那就是莆田勤劳勇敢的先民用双手和智慧让莆田真正"浮"了起来。

文 化

文化作为一种历史现象，反映出不同地域的特征。莆仙文化在中原文化与古闽越文化相互融合的基础上，不断吸收各种外来文化而自成体系。它在适应自然环境变迁和社会经济发展中逐步完善，它延续交融又独立区别于周边地区，其特征表现为：一、重农善贾的生计模式；二、勤劳拼搏的人文性格；三、兴学致仕的价值取向；四、地域血缘的社会关系；五、诸神并供的宗教信仰。莆仙文化在形成过程中，还突出地表现出它的特异性，有独立的莆仙方言、传统文化、独特的民俗文化、表演文化和影响广泛的妈祖文化，这些文化是华夏文化的奇葩。

方 言

莆仙方言在中原文化与闽越文化相互融合中逐渐形成，既有本地土著的口语，也有大量的晋唐古音，适应范围也仅限于莆仙及周边地区400万人口。不同地域出现不同口音，有城里、山区、界外、江口、仙游等不同腔调。莆仙方言不好学，外地人听起来好像在听日本语，最容易记住的就是"阿骚"两字（意指：幽默、乐观、机灵），这几乎成了在外莆田人的代名词。

人 杰

莆田兴学重教源于中原汉人大规模的迁入，唐代时教育已形成风气，至宋代蓬勃兴起。据方志和史料记载统计，自唐元七年（公元791年）至清光绪废除科举的1115年中，莆田一邑中进士者多达二千多人，其中状元11人（福建共34人），又有武状元11人。莆田科举留传下许多佳话，如"一家九刺史"、"一门五学士"、"一科两状元"、"魁亚同榜"等，最为突出的是兄弟同为宰辅，即宋徽宗时蔡京官居左丞相，其弟蔡卞为右丞相。

地 灵

美丽富饶的兴化平原让百姓过着宁静安逸的生活。农商并重时代，在相对稳定的自然环境和自给自足的社会条件下，形成了以地缘和血缘为特征的传承形式和相对稳定的生活模式。每一个村落，每一个宗族都有不同的习俗和传承，都有不同的祭祀时间和庙会形式，大家相互依存，相互包容，营造出多彩而神秘的民间习俗。这种符合农耕时期相沿成俗的民俗活动延续千年，至今仍存活民间，每年春节元宵期间，各个自然村都会根据传统习俗举行丰富多彩的纪念活动。

兴化平原全景二

壶 山

壶公山随地壳变化从海中小岛逐渐长成710.5米的高山，耸立在兴化平原，见证着莆田的沧桑变化。相传许多仙人道士在这里留下痕迹，明代柯潜看到壶公山后"聪明花"大开进京考取状元，至今凌云殿、祥云殿、白云寺、名山宫、龙泉寺、香山宫仍然香火兴旺。壶公山有莆田的风水山之说。

兰 水

木兰溪是莆田人的母亲河，它发源于戴云山脉，集纳大小溪涧360条，绵延105公里，流经仙游东西乡平原、兴化平原注入兴化湾。木兰陂是与都江堰齐名的古代水利工程，在木兰陂纪念馆树立着钱四娘、林从世、李宏、冯智日等人的塑像，记载宋治平元年（1064）开始，历时7年，三修古堰的艰苦历程，留下了许多献身修堰的感人事迹。木兰陂不仅截住海水的入侵，也让潺潺溪流顺着古堰南北端的闸门注入南北洋，形成了长达120公里的大小河道，穿行在古镇村舍之间，灌溉16万亩良田。兴化平原也因之成了富甲一方的鱼米之乡。

民 居

莆仙民居以厅堂为主轴，以天井为中心，形成院落建筑格局，可不断延伸扩大为"九间厢"、"鸳鸯厝"等不同形式的民居群落，不同群落居住不同姓氏族人，其造型特点主要体现在"燕尾脊"——即屋顶两端脊头起翘、尾部开双叉或三叉，形似飞燕尾巴，这一翘也翘出莆田民居特色。

服 饰

服饰以湄洲女最有特色，"妈祖服"据说为妈祖设计。上身为蓝色袖衫，下身为上红下黑两色相接的大折裤，"船帆髻"是妈祖羽化升天时梳的发型。传说妈祖升天前对大家说"我已梳好了发髻，这上面，髻为帆，针为碇，线为缆，我愿将身心许给大海。"后来湄洲女出嫁时，都要梳成帆形发髻，并称为妈祖髻，以示对妈祖的虔诚和敬意。除此之外，莆田山里嫂的服饰也很有特色。

送 秋

送秋是指嫁出去的女儿在中秋节来临前回娘家孝敬父母的一种习俗。在这期间，许多农村妇女穿着红红的衣服，挑着装有肉、面、布等礼品的担盘，拎着鸡或鸭，带着孩子，高高兴兴地回到娘家。父母也会备些礼物让小孙子带回家。中秋夜家家菜肴丰盛，人们还会按传统习俗煮"芋群米粉炒"。"芋"与"熬"（方言）是谐音，"群"是"煮烂"，"芋群"的意思就是熬一熬又一年；米粉是莆田特产，炒米粉也成了莆田人爱吃的风味小吃。

冬 至

"搓丸"是莆仙人过冬至的一种习俗。冬至晚，老人先在桌上摆好板糖、红柑、姜母、筷子，上面插着一支"三春"。全家人围在一起搓丸子，丸子搓好后，与生姜、"三春"等一起摆在厨房灶公爷前过夜。冬至早把昨晚搓好的丸子加姜母、板糖一起煮汤，供神祭祖后全家分食。冬至除了搓丸子习俗外，不少人家还有为故去的先人扫墓的习俗。

五日节

"初一糕、初二粽、初三螺、初四艾、初五爬龙船、初六口嘴企企（没有东西吃的意思）"，这首流行于民间的歌谣道出了莆田人过端午节的习俗。从初一至初五天天过节，莆田民间就把端午节俗称为"五日节"。

相传妈祖曾以菖蒲熬药汤为百姓治病、用菖蒲贴病者门前以驱邪消灾，所以端午节期间人们习惯在自家门框两边插上菖蒲和艾草。到了初五中午，家家户户依照旧俗吃面，用蒲香、蛋草、豆夹等植物煮蛋，用"午时草"熬成"午时水"进行沐浴。小孩沐浴后还要在腋下、耳后和鼻孔处涂上雄黄，身穿崭新衣服，脖挂五色线编织成的香袋，袋中装着煮好的蛋和鲜桃。有的村庄会在端午节期间举行赛龙舟、"化船送瘟"、"搭桥亭"等民俗活动。

　　民俗植根于百姓的精神内，依存在人们的生活中，反映在社会生活的方方面面，它源于农事节日和神事圣期，积淀在节日风俗中，通过节俗活动，又具体反映出它所包容的文化特质。

　　在传统节日中，最具地方特色，最能体现其鲜活性和多样性的就是传统春节。

（上）黄石华东村闰五月举行搭桥亭 （下）东汾村举行"化船送瘟"的活动

故岁

「做岁」就是过年的意思 初二不串门 初四重做岁 成了莆田特有的习俗

做岁

到妈祖故里过年

回家过年

从1981年毕业分配到三明工作，到1994年调回莆田，离乡的十四个年头里，家始终是我心中割舍不掉的情愫。每年一过腊月十六，父亲便总会来信问我什么时候回家。年关将近，便草草收拾仅有的那么点家当，早早到火车站排长长的队，去赶大半夜的火车。而这一切，就是为了早点回家。好不容易进了站，顾不得满身疲惫，又要在滚滚人流中拼死拼活地挤上车，为的仅仅只是抢占椅底下那个狭小的空间，然后钻进去"香香"地睡上一觉，全然不觉身边的脚臭味。熬到天亮后，还得从福州坐汽车颠簸上四个小时。不过到家之后，闻着母亲端上来的香喷喷的饭菜，我顿时忘却了旅途的辛苦，心中只洋溢着回家的幸福：回了家才有家的感觉，才有年的气氛，才能在与父母兄姐的相处中感受家的温暖。越是漂泊在外，越能体会家的意义。2004年儿子去北京读书，每到寒假之前，自己也不知不觉地像当年老父亲问我那样问儿子"何时回家？"不同的只是父亲当时用的是信件，而我现在用的是QQ。

扫 巡

　　腊月初二过后，家庭主妇一般会挑双日的晴天进行"扫巡"（莆田方言"船"与"巡"同音，莆田人早年以船为家，所以岁末大扫除就叫"扫船"，这一习俗和外地"扫年"大致相同）。过去一般人家住的是老房子，平时搞一次扫除不易，节前的"扫巡"自然是认真对待。这一天，扫帚等工具都是崭新的，并在中间贴一块红纸以示吉祥。还会准备一根一丈长的竹竿，绑上芦苇和稻草，专门用以打扫高处。蒸笼等厨具也全部拿到后门井边清洗，准备过年用。忙到中午，全家人按旧俗吃"杂粉"。

尾牙吃欢喜

　　做牙也称祭牙，原是一种商业祭祀。每月农历初二、十六日，许多商家会备好果品、酒菜，烧几把贡银，祭拜祈福，求得生意兴隆。后渐传播开来，成为平日里百姓祭拜求平安的一种仪式。腊月十六是一年中最后一次做牙，过了这一天即意味着平安地过了一年，所以一般把它看作是一种福气，有"尾牙吃欢喜"的说法。这一天，祭祀比平常更为隆重，老板会请伙计吃饭，决定当年的报酬；亲友们聚在一起做明年的打算。过了尾牙，大家即开始置办年货，在外的莆田人也陆续回家，准备过年。

山区传统的糯米粉加工

红粞蕃薯起

"番薯起"的做法和馒头差不多：把煮熟的地瓜剥皮捣烂，和红糖、面粉搅拌发酵后，用旺火蒸熟而成。

红粞、先用糯米粉加食物红制成皮，包馅后用刻有双孩儿或庆丰收图案的木印压成上拱下平的形状，再用蕉叶垫好，放到蒸笼中蒸熟。红粞是各种祭祀活动必不可少的祭品。尽管现在市场上也有出售，但到了春节，老人们一般还会自己动手做，以讨个吉利。

到妈祖故里过年

老人依照传统习惯自己动手做红糍

做岁

到妈祖故里过年

白头联成了莆仙人特有的习俗

做豆腐

备年货

白头联

按照莆田的传统习俗，要在红纸春联上多贴一小段白纸。这一习俗源于300年前春节期间发生的一次倭寇入侵，许多家庭在倭寇之乱中丧失亲人，人们为了悼念死者，就用红联盖住白联，并在上头留下一段白纸以表哀思。这样就有了莆田人特有的贴"白头联"的习俗。

廿五日头

传说腊月廿三送灶公后，诸神到天上汇报人间善恶，腊月廿五，天神会出巡人间，了解民情。人们也怕在这一天做坏事被天神知道，这样一年都会不吉利。这就是莆田习俗中的"廿五日头"，这一天是一个让人小心谨慎的日子，诸事不宜办理，老人们还会提醒孩子不可吵架。

备 年

过了腊月廿五日头，过节的氛围就更浓厚了，家家户户忙着准备年货，街上随处可见临时搭起的摊位，现写现卖春联和各种灯笼。过去没有冰箱，为了让食物能放得更久，一般要做成卤的、炸的或腌的。到了腊月廿九，家里的簸箕都装满了过年用的食物。

一厅四灶，备年时更显喜气盈门

三十暝

三十暝是莆田人对除夕的俗称。这天中午家家户户按传统吃杂粉，并留下一些做隔年饭。而年夜饭则既要丰盛又要吉利，上菜前要摆八盘或十二盘小菜，其中有十脚齐全的蟹（象征十全十美）、煎海蛎（方言谐音"增活"）、炸鲫鱼（方言与"积宝"同音）、还有甜菜丸、桔子等吉祥菜名，主餐中一般有虾（方言与"和"谐音）、卤面、荔枝肉、金钱粿，花生汤等传统菜式。到了晚上，全家人与其他地方一样围炉守岁，等待新年。

吃面

莆田方言中面和"命"是谐音，本地生产的线面细长柔韧，其做法是先在碗底垫上炒好的芥蓝菜，盛上沸水捞熟的线面，浇上卤汤，然后加上佐味菜：有炒蛋、炸花生、豌豆、紫菜，以及各种卤味。搭配在一起，色、香、味俱全。初一大早吃完面，才意味着又长了一岁。

吃出的年味

在物质匮乏的年代，过年成了一种渴望——渴望吃到许多平时吃不到的东西。而这些过去只有在春节期间才会特地去做的东西，就成了我童年记忆中抹不去的春节印象。

家里扫巡过后一般就能盼来每年的第一道"大餐"——柴粉。所谓"柴粉"，顾名思义就是把线面、米粉、地瓜粉与虾米、海蛎、豆腐、蒜青等佐料柴烩到一起烹煮而成。外地人初到莆田时，总看不惯那种"柴"，可一碗下肚，却没有几个不说好的。

小时候，到了腊月二十六，我们几个小孩就兴冲冲地跑到三姑家，说是要帮着准备年货，其实是赶着去吃刚出笼的红粿。那时母亲在熙相馆上班，做红粿和番薯起的事就要拜托三姑。到了姑姑家，姑姑早已把一切都打点好了。我们几个就溜到外面去玩摔炮、弹玻璃珠。到了中午，第一笼红粿出笼了，闻着糯米的香气，我们顾不上洗手，抢上一块热乎乎的红粿就往嘴里送。吃完了糯米馅的再吃绿豆馅的，肚子都撑得不行了，嘴巴却还停不住。

腊月廿八、廿九是年关前最忙碌的两天。当时许多食品都是凭票供应，白天母亲和大嫂要去市场采购鱼肉等年货，父亲则会准备一些礼品叫我骑自行车送到乡下的亲戚家。那时送的大都是些粮品，记得我家的一位远房亲戚，每到年终就专程从白沙送来一袋山里做的白粿。而父亲总会留他吃午饭，简简单单的炒面加馄饨汤他吃得特别香，下午则高高兴兴地带着父亲特地准备的一包贴有红纸的米粉回家。晚上，全家人就在厨房里长活开了，有的炸豆腐，有的杀鱼，有的准备要炸的东西，而甜菜丸等传统食品就由母亲亲手来做。当时我家烧的是谷皮，需要不停地用手拉鼓风箱吹风。我们几个小孩总抢着干这活，为的就是一会儿可以沾着劳动的光多吃点：一会儿是油豆腐蘸酱油醋，一会儿是刚出锅还烫嘴的炸排骨，吃得喉咙痛了也不愿说。

到了大年三十，家里的簸箕和盘子早已装满了各种备置好的食品。这一天的午饭依俗吃柴粉，但总忘不得要留一碗做隔年饭。那时一过中午许多商店就关门，人们急着赶回家围炉，街上渐渐冷清，而家里却更显温馨。

晚上全家人一起围炉，便能吃到一年中最为丰盛的一餐饭。晚饭过后，肚子里攒足了一年的油水，小孩子们开始关心起压岁钱。当时，父母给一元，加上叔叔、舅舅和大哥大嫂等，我甚至可以拿到七、八元。这几元钱在当时的小朋友中已算"富翁"了。这个晚上长辈的许多话语都带上了吉祥的象征意义。一位小学同学跟我说过，每年围炉后，他奶奶总会拿出一根甘蔗，切成小段叫全家人嚼，然后再把甘蔗渣吐出来。其意思就是把去年骂人的脏话都吐出来了，去年的脏话就不算数啦。

第二天早上，天还没亮，母亲就要起来准备寿面，只有吃了这碗面，才算是真正长了一岁。

家家户户张灯结彩，喜迎新年

辞　年

　　腊月廿九零点一到，兴化平原上处处响起鞭炮声。传说这一天土地公要上天汇报，也即意味着旧的一年即将过去。许多老人会在家门前或阳台上摆好供桌，烧贡银祭谢天地，希望诸神在玉帝面前多说好话。

接　年

　　正月初四，是诸神回归的日子，大家又忙着接年迎神。在杨芳村有较为正式的仪式：10位僮身在众人举香簇拥下来到郊外，经法师做法召唤后，他们会被诸神"下凡附体"，之后手持宝剑，两眼上翻，摆出不同于常人的姿势和神态，跨过燃烧的火堆边跑边舞着回宫。神龛前师公不停念咒让诸神回位接受众人膜拜，乡老在案前"卜杯"决定全村当年大闹元宵的日子。随后全村男女老少聚集宫前，双手高举争抢从宫中扔出的甘蔗节，在神赐吉祥的美好愿景中接来新的一年。

老人在自家门前进行辞年谢天地

正月初四夜昭灵宫举行接年活动

游春印象

春节期间，给我记忆最深的就是"五日岁"里的游春了。小时候，大人总会提醒我们，初一没有到过的人家，初二不能去，否则总少不了被说上一顿。当时都是照着大人们说的去做，却并不知道其中的原由。长大以后才明白，此俗与明朝倭寇入侵的悲痛记忆有关。

不过即便不登门拜客，也总是有许多好玩的去处。街上永远是那么热闹，来自山里、界外的人们纷纷涌进"涵头"（今涵江区旧名）。"走涵头"是当地特有的人情风俗。涵江是闻名全省的水乡古镇，地理位置优越。北洋水系贯穿全城，埕门、新桥头两个海上码头连接兴化湾，也是山里人进城的必经之路。涵江人总有一种"全国二十九省不如涵江碱草顶"的自我满足，年终岁末，人们便自发聚集于此，涵江古镇的商业氛围和过年气氛就显得更加热闹。

当时街上的色彩很是单调，尽管是春节游春，女的也都是一色大红，男的则大多蓝布着身，能穿上绿军装的算赶上时髦了，个别有花哨衣服和牛仔裤穿的一定是江口一带有海外关系的侨属。当时买什么东西都要凭票，而布票一人一年才分几尺，买块布做件新衣服实在不易。我家兄弟姐妹七个，我排行老么，所以穿的方面只能是替补。平时一件衣服都是二哥穿了三哥穿，等轮到我的时候，早已是缝缝补补又三年了。不过到了春节，我还是能得到一件属于自己的新衣服的，于是天天喜滋滋地穿上街去"接耀"，怎么脏都不肯脱下换洗。

中午时分，镇上几条主要街道已是人流如潮。沿街不停传来鞭炮声，小贩穿梭在人群中，有的挑着担子，叫卖生姜橄榄、油柑和杨桃片；有的扛着山楂，不停抖动手中的签枝以吸引小孩。碱草顶（地名）四周的小摊，有卖豆腐丸、泗粉的，有炸葱饼的，还有捏小面人的。许多第一次跟着大人来游春的小孩紧紧攥着大人的手，睁圆了好奇的眼睛东瞧西望，这般热闹在平时对于他们来讲是不可想象的。在三角埕（地名），总有一些游艺人牵着装扮一新的马儿招摇过市。大人们往往愿意花上一角钱让孩子骑着马绕街一圈，便算是传统的"骑马游春"了。

过去，整个游春活动中最大的娱乐就是能看一场电影。每到此时，工人电影院卖票的吓玉就成了全涵江最显摆的人，连镇上的头面人物也要上门求她卖一张位置好的电影票。花一毛二看上一场电影在当时算是最时尚的消费了，即便是连续放映样板戏也总是场场爆满。邻居几个小孩有时为了多看几场电影，经常在检票口溜达，偷偷搜集掉到地上的废票，拿回家接好，等晚上高潮人多时再混进去。而游春的最后一个重要环节，就是几个同来的好友凑上几角钱，到国营照相馆去合影留念，咔嚓一声，游春在童年底片上留下了美好的记忆。

骑马游春　　炸油饼　　捏泥人　　办喜事　　抽山楂　　走马灯笼

五日岁

　　莆田人所谓的"春节"是从初一过到初五，俗称"五日岁"。据载，明嘉靖年间某年节前，倭寇攻下兴化城，城内三万多人被杀。待戚继光率军收复兴化城时，这时已经是次年的大年初一了，在山上避难的人们陆续返家后，哪里还有心思过年？收拾残破的家园，悼念故去的亲人，初二这天便成了莆仙人一个忌讳、悲伤的日子，延续下来就形成了初二不串门的习俗，到了初四家人又聚在一起，重过"三十暝"。这样便形成了一套特有的"做二次岁"的习俗：初一没上门拜年的，初二互不串门，初四则重做大岁，再过一次年，到初五"做岁"才算结束。

初三做十

　　各地大多在寿庆者生日当天为其祝寿，仙游华亭一带则统一以正月初三为"祝寿日"。这一天，不少人手提肩挑红色担盘或礼盒，内装寿面、面食、肉类等前往祝寿，而主人则设宴款待前来祝寿的亲友。据传这一习俗是因为春节期间家家户户备有年货，同时人们闲来无事，便乘此聚在一起热闹一番。

民間文藝

　　春节到元宵期间，兴化大地处处可见丰富多彩的民间文艺表演。有舞龙舞狮、走旱船、跳秧歌、踩高跷等活动，当然也少不了极具地方特色的莆仙戏、舞九鲤、抽木偶等表演。在这许许多多的节庆活动中，最能调动现场气氛的便是车鼓队表演。小型车鼓队一般由一个大鼓，十个以上的锣和钹组成，表演时可根据不同节奏边走花步边敲打锣鼓，也可在广场中间随着锣鼓的节奏不断变换方阵。由于其花费不多、学习简单、表演方便，符合农村的节庆需要，所以几乎是村村都有锣鼓队。每到节庆时候，车鼓表演队打着不同的节奏配合群众的游艺情绪，已成为过节必不可少的喜庆项目之一。

　　其实，兴化大地上所产生的形式多样的民间文艺，大多是由娱神祭祀仪式渐渐转变而来的。在1000多年前的唐代，莆田已有了规模浩大、载歌载舞的百戏表演，其中有木偶、打球、走绳等杂耍及歌舞。在今天的民间文艺表演中，不难看出远古百戏那神秘的踪影。其本身就是莆田历史文化积淀的过程，是在中原文化与古闽越文化相互融合的基础上，不断吸收各种外来文化而自成的一套体系，是在适应自然变迁和社会发展中逐渐完善的。这种独具特色的地域民间艺术深藏着许多原生态的艺术元素，反映出乡土文化"土"的味道。民族的才是世界的，在现代化大潮翻滚的今天，这种"土"反而更具有人类学和文化学上的意义。

踩高跷

　　是流传于民间的一种文艺形式。高跷用木头制作而成，短的50公分，长的超过2米，表演时把高跷绑在脚上，一边行走一边表演各种动作。元宵出游时，远远就能看到队伍中高出人头的高跷，他们装扮成各种古代人物，表演各种高难动作，吸引众人的目光。

莆仙戏

　　莆仙戏是我国古老剧种之一，在古代百戏基础上发展形成。它源于唐，长于宋，盛于明，至今仍保留着传统的艺术精华，被称为宋元南戏的"活化石"，已列入国家非物质文化遗产名录。

大鼓吹

　　因演奏时吹大笼和打牛皮大鼓而得名。大鼓吹是用牛皮大鼓、大锣、大钹、二钹、小锣、钟锣和一对大苎（因其音有高低之分，又俗称公母吹）来演奏的。其与莆仙戏关系十分密切，戏台上重要人物往来一般都要吹奏"大鼓吹"。

十音八乐

　　十音由十种乐器组成，八乐是在十音基础上增加打击乐器而成。两者有机结合，形成器乐、声乐、演奏乐和表演相给合的综合艺术，极富地方特色。由于道具简单，便于弹奏，这种表演相当普及。其欢快的旋律深受群众的喜爱。

木偶戏

　　俗称傀儡戏，为民间艺术瑰宝，它始于汉唐，盛于宋明。莆田木偶戏一般为提线木偶，艺人用八至二十四条线操纵木偶活动，一般一个艺人抽一个木偶，多时一人可抽动三个。一台木偶需要五个人，其曲调唱腔仿似莆仙戏音乐，较为粗犷。主要用于民间祭祀活动。

车鼓队

　　车鼓又名"镲锣鼓"，是莆田特有的民间打击乐器合奏的音乐。稍大型的车鼓队由鼓径一米多的牛皮大鼓、数十对大钹、数对平锣和俗称"童子圈"的凸脐锣组成。整个活动受大鼓指挥，鼓钹齐鸣，很是热闹。因此，莆田人多以车鼓庆丰收、贺喜事、迎神接宾。

舞九鲤

　　九鲤舞是黄石沟边自然村独有的民间文艺表演，相传其历史可追溯到明万历年间12年（1584年），已被列入来福建省首批非物质文化遗产。

　　九鲤是先用竹子编成鲤鱼的造型，再用纸裱糊装饰，表演时9位妇女各舞一条鲤鱼，来回穿梭不停转动，蜿蜒前进。

做岁

到妈祖故里过年

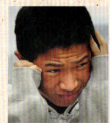

放鞭炮

　　鞭炮是过年的传统符号，它除了给人们带来辞旧迎新的喜气外，还蕴藏着不同时代人们的不同感受。

　　上世纪七十年代初涵江和全国一样，"文革"中的"红派"和"新派"经常对峙，甚至发生枪战。枪战后街道上留下了不少弹壳，到了春节，人们就把平日收集起来的弹壳改装成摔炮。先把弹药塞进弹壳中，在底部锯个口，上端系上鸡毛，然后高高抛起，落地时"啪"地一声，这便是给我童年带来过许多乐趣的摔炮。当时100发炮纸就2分钱，小孩们把大部分压岁钱都花在了这玩意儿上。后来又有了"土炮"，就是在两块泥巴中夹着炮药，用红纸包起来，扔到地上即发出响声。这种炮成了那个时代小孩打架斗殴时的主要火力。"五日岁"期间，涵江街上的小孩往往聚到自己的地盘上，几个调皮好斗的孩子会时不时地把土炮朝人群扔去，从人们的惶恐中获取快乐。这种在当时看作是一种恶作剧，留给现在却是更多的思考和挥之不去的记忆。

　　改革开放以后，人们腰包鼓起来了，放小排炮也逐渐发展成放大炮团。一批外出打拼先富起来的农民回家过年时，总挥不去那种衣锦还乡的感觉。他们借放鞭炮这个传统习俗来显示自己的成功，希望闹气的场面能引来乡亲们羡慕的目光。而在这显富中也愈发带有比富的味道，这常常发生在业务上有竞争的回乡老板之间。在元宵活动中，互不服气的"福首"人家也会暗中较劲，通过比拼鞭炮来得到心理上的满足。你一下，我一下，有时放了上万元，也很难分出胜负。虽然斗炮现象并不普遍，但有钱人家通过燃放鞭炮来显示甚至炫耀自己的财富却也司空见惯，他们也希望通过大放鞭炮给自己带来更多的喜气和财气，希望来年的生意也能越做越大。

元宵

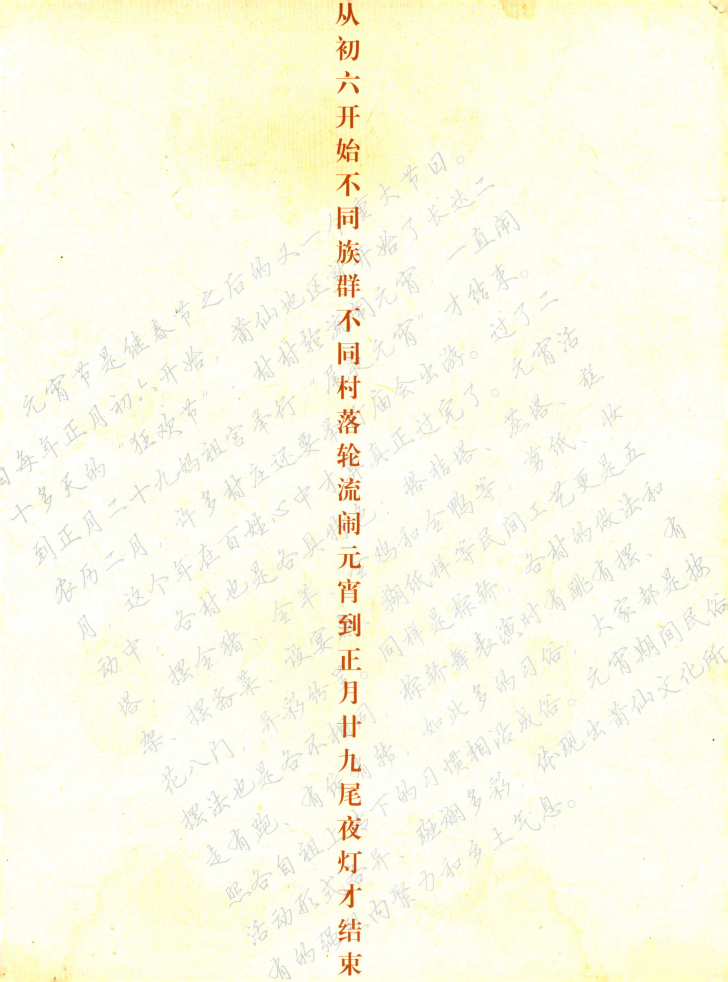

从初六开始不同族群不同村落轮流闹元宵到正月廿九尾夜灯才结束

初六元宵

到妈祖故里过年

"莆(蒲)人做无咬(无馅)，面吃了就行傕"，这是苏厝人对自己的调侃。

苏厝地处山坡杂地，只能种地瓜等杂粮，农耕时代经济比较落后。所以，过去苏厝人趁五日岁大家油水还没有消化就马上举行元宵活动，这也是我听说的最早的元宵了。苏厝就是现在的涵江芳山村。按照传统习俗，苏厝村的元宵从初六开始，方姓、林姓、苏姓、郑姓依次轮流。但原来的林姓人家大都已搬走，所以初七这天本该由林姓来闹元宵的活动就停下来了。

正月初六一早，苏厝方姓人家便开始准备摆宴桌祭祖迎神。各家各户把红糈、线面等祭祀物品摆放在祖祠大厅上，平时无人居住破旧冷清的老房子顿时热闹起来。方姓12个福首人家更是长得不亦乐乎，许多亲朋好友也都前来帮忙：有的搭彩门，有的长采购接待。大家都想把这重要的日子搞得热闹些。

到了晚上，本村和邻村的群众陆续来了，村里的昭灵宫开始热闹起来。戏台前一些老太婆边看戏边聊天，老头子在宫门前弹奏十音八乐，宫中的乡老正忙着准备香炉、戏妆、香和酒等迎神的物品。一切就绪，迎神队伍在法师的带领下绕过田埂来到村外的乡里社。在法师念咒迎神等仪式之后，一声炮响打破了天空的宁静。同时，鞭炮齐鸣锣鼓喧天，迎神队伍开始回宫。沿途村民举香相迎，队伍经过的大小庙宇都要祭拜换香，天上绽放的烟花照亮了全村。宫前五个"僮身"和一群拿三角旗的小孩子一起进行传统的穿算表演——人与"神"共娱，同走花步，时而串圈时而绕圈。表演者如痴如醉，博得大家阵阵喝彩。

穿算结束后，巡游队伍开始按传统线路行傕布福。菩萨每到一处，祖祠内外人流如潮热闹非凡。男的长着烧贡银、放鞭炮，女的围着捧手炉的"福首"换香求福，全家人叩首膜拜，求神保佑。道士在桌桌前诵经做法，车鼓队则在大埕表演，这是古屋一年中最热闹的时刻。巡游队伍从这一家到那一家，通宵达旦地直闹到第二天下午，方家12个"福首"挑着一盘担到宫前聚集，共同举行祭祀仪式。礼毕，方姓元宵活动才算结束。初八晚上，苏姓人家又开始了新一轮的闹元宵活动。到正月十一，各姓氏分别闹完元宵，昭灵宫的乡老会在菩萨前面掷杯决定全村闹元宵的时间。

戏音烛品发香道奉宫神堂身花宫奏福香庆

看乡点祭出·请布供回请上僮礼出伴布换欢

此时此刻『福首』成了全村最幸福的人

新老"福首"举行交接仪式

福首

"福首"就是元宵活动中，各个自然村里不同姓氏的人家根据年龄辈份选定的最有福气的人。"福首"一定是男性，且一生只能当一次。节庆期间，"福首"会身着礼服，头戴礼帽，插上旗花，带头巡游。元宵结束后，当年的"福首"会在交接仪式中把香炉传给下一位"福首"。新"福首"把香炉带回家，用心供上一年的香火，等来年元宵再用。

"福首"礼帽上插着旗花

福首人家

据说做"福首"会带来好运，所以轮到"福首"的人家都十分重视，村上几个"福首"人家也会暗相攀比，都想把排场搞得大一些。平时节俭的家庭这时也会慷慨解囊，仅购买各种烟花炮竹就要花费上万元，还要筹办几十桌酒席招待亲朋好友。元宵前几天"福首"人家就忙活开来，一些亲朋好友也来帮忙：搭彩门、挂红灯、装彩车、摆宴桌、杀猪羊，准备各种祭祀用的物品。同族的亲戚都会挑着装有肉、面、蛋等贺品的"一担盘"前来贺喜。元宵这一天，族人在"福首"的带领下来到祖祠的大厅中按照传统仪式举行祭祀活动。昔日破旧冷清的老房子热闹起来，"福首"人家也祈求来年会有更多的好运。

元宵夜家搭起的香亭

一担盘

一担盘，是农村办喜事必不可少的用具。它用细藤制成并抹以红漆，逢年过节时才拿出来用。一般是两头各五盘，从大到小层层相叠，形成一个圆塔形，用红绳或红袋绑、套在一起。盘中分别装有猪肉、线面、红粿、面龟、布料、服装等。元宵期间，穿红衣的农村妇女挑着一盘担行走在乡间，成了农村地区一道别样的风景。

仪式结束后，家家户户把供品挑回家

刚搭起来的香亭摆满了亲朋好友送来的贺礼

行傩

元宵期间，宫庙中的妈祖（或社公）被抬出来巡游本村，游行路线按各村习俗约定，称为"行傩"。开始前，村里几位"福首"捧着香炉，在旗花、凉伞和家人的陪伴下前往宫庙。这时宫前的广场上早已挤满了等待的观众，在隆隆的鞭炮声中，"福首"们按顺序相继到来，之后随妈祖（或社公）开始行道赐福。"福首"捧着香炉不分昼夜地挨家挨户绕境赐福。所到之处法师诵经作道，唢呐锣鼓齐鸣，棕轿绕大埕不停摆动，家家户户都设宴桌迎神祭拜，给菩萨压岁钱。男人们燃放大炮团助势，女人们围着捧手炉的"福首"换香求福，大家求神保佑，希望在新的一年中有个好的开头。"行傩"活动高潮不断，庆赏元宵活动把人们带向过年的狂欢。

元宵

到妈祖故里过年

四十八页

祭祀

祭祀是元宵活动的重要内容。对老一辈人来说，尽管现代文明给他们带来物质上的极大改善，但在精神和观念上他们依然固守传统。在内心深处，他们希望这种传统代代延续。于是，利用元宵这样的机会，他们在庙堂中点燃香火，供奉祖宗牌位，在缭绕的青烟中虔诚祭祖，以表达对祖先的怀念，并寄予香火不断的愿念。

祭祀时，百姓通过敬神、禁忌、袚禳等传统的形式来达到避邪和祈福的目的。宫里、村里、家里许多争执不下的事情，还得通过在神龛前"掷杯"来决定，并将之看作是妈祖对世事的最后裁判。在今天的祭祀中，仍保留着一套完整的程序，老人们按祖上的传统安排着诸多繁杂的细节，而年轻一代也积极配合。有趣的是，有时同一个村落，相隔并不远，但是，商量、协调有关祭祀细节时，老人和年轻人却都用手机来联络了。

当然，由于时代变化，莆田人在传承祭祀的方式时也不是一成不变的。许多村庄根据自身需求发展了摆宴桌、搭桔塔、点烛山等各具特色的表现形式，极大地丰富了祭祀的内涵和观赏性。有的村落还延续着原始时代的"血祭"仪式，在宫前摆满了宰好的全猪、全羊和用食品做成的各种各样的供品，既让祖先神灵"看"得高兴，又叫乡亲们看得热闹。最后，这些供奉给祖先神灵的祭品还是给身为凡人的后代们享用了，也算是人神共乐了。

尽管不同村落不同姓氏有着不同的祭祀方式，但都保留其合理的内容——内心对祖先和神灵的崇拜。它像一根割舍不断的筋络，在元宵的热烈气氛中，伴随着关于新年的美好愿景，年年相沿，代代传承。

"福首"带头拜祖宗

族人轮流拜天地

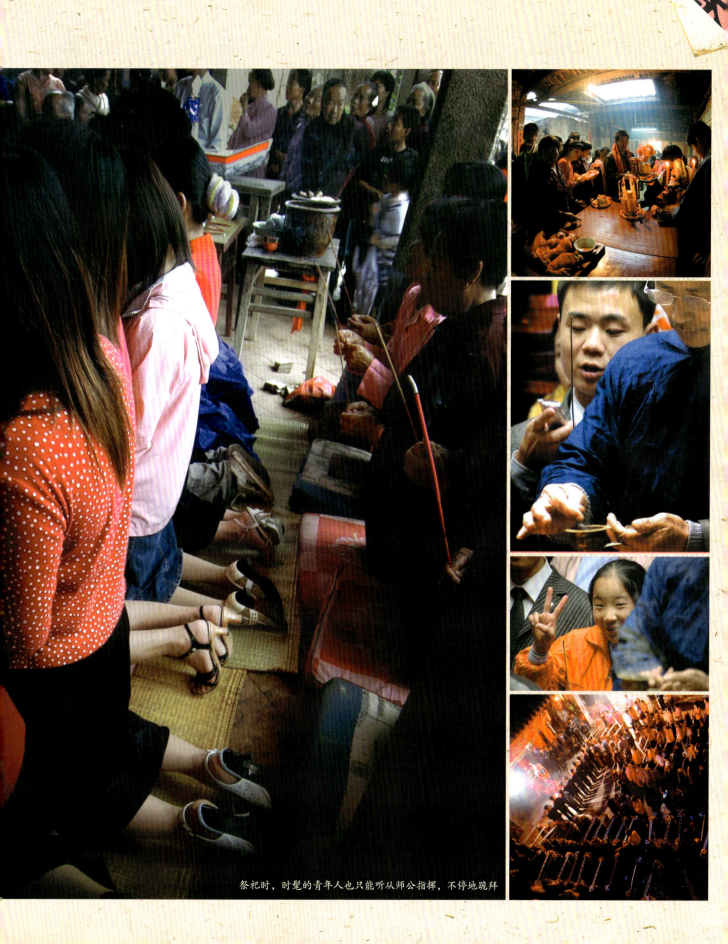

祭祀时，时髦的青年人也只能听从师公指挥，不停地跪拜

经师公念经算是把供品送到了另一个世界

师 公

师公是各种传统祭祀活动的主持。过去，面对繁杂的仪式要求，人们必须听从师公的安排。那时要成为一名师公不容易，这个"行业"往往是世代相传。一个师公继承人从小就得学习各种仪式要求与举止，熟习不同的经文和语气，平时在家供奉老君神位，最后到九华山上的道教圣地去授戒获得法名。现在就没有那么严格的要求了，不少还是业余的，几人一组，只要在仪式中穿师公服，行为举止故作另类，口中念念有词，善于营造神秘气氛就可以了。人们也不太在乎具体而繁琐的仪式内容，不停地跪拜使年轻人更希望仪式早点结束。

吹 笙

吹笙是祭祀活动进行时的一种伴奏。乐师们要根据师公主持祭祀时的需要吹奏，一般分开始、转场和结束。尽管面对不同神灵、不同场合要吹奏不同的曲调，但旋律却大同小异。吹笙乐师和师公通常长期合作并渐渐默契，台前台后一唱一和，在庙堂之中营造出一种似乎人神同在的神秘气氛。

掷 杯

两个木制或竹制的法器，呈半圆形，一面平坦，一面隆起，合成一对亦名"圣杯"。相传此物为妈祖娘娘所授，遇事难断则以此问卜，相当于人与天界的通话。因此，掷杯也成了问卜测算的一种重要方法。

抽 签

抽签也是民间问卜的一种古老方式。许多宫庙都保存有签诗，一签一诗，一般有59首，其诗文可分为五类：（1）出门、行程、书信；（2）风水、择居、坟地、迁居；（3）婚姻、寿诞、生子、兴旺；（4）前途、禄位、求财、富贵、生意、诉讼；（5）探病、祸灾、病情、神明等等，皆与人们日常生活相关。

用纸扎糊成的神灵世界

祭 品

远古时代，人类在生命终结时利用火在死神面前对生进行最后的拯救与召唤，从中形成的烧香、烧冥钱等习俗至今仍是祭祀、求神的主要形式和内容。在千年的传承中，莆田人根据地方风俗和生活习惯，制作出许多具有民间特色的祭祀用品，其中有祭拜妈祖用的海螺、帆船模型、天文图等。

糊纸扎

纸扎也是送给祖先神灵的祭品，用以表达人们对先辈的敬重与孝心。它先用麻杆做枝节骨，后以白纸糊出各种造型，再装饰上五颜六色的有光纸。祭品中不仅有人们日常生活所需品，还有许多一般人消费不起的汽车、飞机和别墅等，在祭祀后用火一烧，便算是把贡品送给了祖先神灵。

贡 银

贡银是祭礼中烧给神灵的祭品，用稻草杂纸泡烂后贴上银纸制成。据传祭礼中附上某神的灵符然后烧掉，就可以送给特定的神灵了。与之相似的还有冥钱、银纸、小贡银等，这些有的是烧给土地公，有的是烧给列祖列宗，人们总是想出各种办法把自己的心愿带给另一个世界。

所有的祭品最后都要随着火光把人们的心愿带到另一个世界

涵江苍口村举行烧柴烛活动

东岩山妈祖宫举行的点烛山活动

烧柴烛

烧柴烛是涵江苍口村的独特习俗。村里头胎生男孩的人家要做一对柴烛。它用2-3米的杉木做骨，用竹捆成蜡烛状，在河边插成一排。到了晚上开始点燃，熊熊的大火映红了天空和水面，烧到一半后，用水浇灭。之后新婚人家就会把余火未灭的柴烛扛回家，以求来年也能生个大胖小子。

烧头香

进香、点火、祭拜、祈愿是人们在各种祭祀中最常见的行为。在一些虔诚的信众心目中，各种庙会正点来到时烧上的第一炷香最是灵验。于是每当妈祖升天日、诞辰日、元宵或其他庙会活动时，许多信众会连夜赶来，这时庙宇早已挤满了准备烧香的信众，大家都争取能燃上头炷香，以示虔诚。

烧大香

大香是商家为满足人们的需要而特制的，最大的香有3米长，30厘米粗。起先只有在各种庙会活动中，组织者才会把大香竖在大埕显眼处燃烧。但现在不少信徒为了表示虔诚，或者许愿还愿，自己出资捐认，在大香上刻上姓名。有时十几根大香排在一起，香烟弥散，倒成为元宵活动中一个独特的景观。

点烛山

元宵期间，许多庙会活动中都有点大烛习俗，最具特色的要数市区东岩山、文峰宫和清风岭三处妈祖宫举行的点烛山。它是用铁或木头制成高低不等的排架。这晚，人们会点燃一支支红烛，并把它们插在层层木架上，点点烛光仿佛一座烛山把整个宫庙映照得金碧辉煌。活动结束后，信众们带着一段没烧完的蜡烛回家，祈求妈祖保佑。

元宵

到妈祖故里过年

五十八页

摆宴桌

摆宴桌是农村元宵活动中最常见、最具特色的民俗活动。之前，家家户户都要准备各种用食物制成的宴品，小至几个桔子可摆成一盘，大的则需用全猪全羊精心制成。其中最吸引人的是源于祭祀妈祖时，用各种素食制作而成的"水族朝圣"36盘，各种鱼、蟹、蚌等海产品造形各异，栩栩如生，极富想象力和创造力。接着，全村人把宴品汇集陈列，其数量多达千种。到了晚上，游人如潮，穿梭其间，或观或评，各得其乐。

摆全羊

摆全羊是郊尾埕边的习俗。全村6个自然村靠抓阄来决定由谁主办。正月十二，"当值"的自然村把杀好的全羊涂成红色，摆放在宫中，并在羊背上放着一团羊血插着一把刀，摆在大厅中供人们观赏。

摆全猪

正月二十四，华亭霞皋村几十只杀好并装饰一新的全猪摆满了整个大埕。霞皋依照传统习俗，每年的这个时候由一个自然村牵头，各家各户都把杀好的全猪拿到宫中摆放祭拜。待元宵结束后，主人把猪肉分发给其他自然村的亲朋好友。第二年轮到其他自然村"当值"，方法亦然，此风今日仍在延续。

叠桔塔

　　每年正月初三上午，黄石江东村清江宫主殿的梅妃神像前，许多村民精心挑选鲜红的桔子，垒起13座桔塔，以表示清嘉庆十三年(1808)重建浦口宫时的社数。每座桔塔的高低表示当时重修时捐款的多少，桔塔的顶点用四个红桔归尾，最高的桔塔有6米多高，要用800多个红桔层层垒起直至宫庙大梁，可见村民对梅妃的信仰是极虔诚的。到正月初七元宵活动结束，大家会把桔子卸下来，分发给各家各户，暗含吉（桔）祥之意。

元宵

叠蔗塔

　　叠蔗塔总会吸引许多人前来观赏，成为涵江延宁一带元宵活动的一大亮点。其做法是先把甘蔗削皮，再切成约二公分厚的蔗片。在宫庙的中央位置，根据塔的形状把蔗片一片片地叠起，其间会根据"上元祈福"的字样和图案在相应的位置上嵌以红色的蔗片，搭成三米高的蔗塔，象征着人们的生活节节高，节节甜。

叠糕塔

　　正月十七，常太松峰村把准备好的印糕带到宫中，在神龛前层层叠起，叠成一米高的糕塔。四座雪白的糕塔立在宫中，在灯光的映照下更加亮丽多彩，吸引了众人的目光。大家驻足观看，希望在新的一年中自己的生活也像这糕塔一样一层比一层高。

的高台彩架最引人注目

枫亭踩街

　　枫亭踩街是莆仙元宵期间最具代表性的民俗活动之一。从正月十三至十七，由霞桥、霞街、兰友、学士、北门五个村庄轮流举行踩街活动。当夜幕降临，这座千年古镇渐渐热闹起来，不仅莆仙当地人，连闽南一带的群众也慕名赶来观赏。沿街两旁，早早挤满了等待游灯的人们。晚上七时许，游灯队伍从宫中出发，村民或举着庙旗、宫灯，或抬着妈祖等神灵沿街缓缓行进。长长的队伍中，有车鼓队、军乐队、十音八乐和五花八门的彩车。其中最引人注目的便是高台彩架，一般由儿童着古妆在铁架上饰演一些历史人物。其后登场的是千年相沿的传统游灯项目——用萝卜做成的菜头灯和许多蝴蝶、蜈蚣、蜻蜓状的花灯争奇斗艳，成了一道亮丽的民俗风景，让观众大饱眼福，仿佛回到了唐宋时期中原一带闹花灯的盛景。

　　枫亭踩街源于游灯习俗，枫亭是宋朝名臣蔡襄、蔡京、蔡卞的故里。据《连江里志》（连江，枫亭旧名）载"（北宋）宣和末，蔡攸（蔡京长子）以灯事色乐游枫亭。置当航于（枫）江上，使教坊子弟妆成故事以侑酒"。这一记载似乎让我们看到了枫亭游灯活动的源头。经过千年的传承与变异，枫亭游灯不再是单纯的游灯，已发展以妆架、彩车、文艺表演为主要内容的踩街活动。传统的菜头灯和高台上饰演的传统人物形象也在光、声、电的粉饰中渐渐失去了原始的基因。一些用电动机械制作的火箭卫星形象的现代彩车正挤压着传统民俗的空间，使当下的踩街活动逐渐成为传统与现代相结合的大杂烩。

元宵

到妈祖故里过年

曾氏人家颇具特色的独立排灯

游　灯

　　元宵闹花灯在全国各地都有，但莆仙大地上的游灯却独具特色，俗称圈灯。在农村许多村庄都有游灯习俗，但灯的做法和游法却各不相同。有的是单灯，有的是排灯，有的是连灯，有的甚至已经用电灯了。元宵期间举行游灯的村庄家家户户都会手执木棍，肩扛排灯，按时赶到村口集中。晚上，先按顺序把灯依次排好，点上蜡烛，在龙头灯的引领下出发，行走于村舍阡陌之间，绕境一圈。远远望去灯火相连，络绎不绝，恍若一条游动的长龙。长龙所到之处，烟花爆竹响彻云霄，甚是热闹。

常太松峰村家家户户把排灯连接成一条长长灯笼从宫中出发

元宵

到妈祖故里过年

姓元宵

姓元宵是以不同姓氏族群为范围的元宵活动。这期间全族人以"福首"为中心，聚集在祖祠，举行祭祀活动，祭拜列祖列宗和诸位神灵。

村元宵

村元宵是在各个姓氏人家轮流举行元宵后，以整个村落为单元，由总宫（社）董事会牵头举行的元宵活动。期间，除了举行一些常规性的祭祀行傩活动外，有些村庄还会依俗举行传统的游艺表演。

总元宵

总元宵是在各村先后举行元宵后，以片区为单位，由一些规模较大、影响较广的宫庙举行的大型元宵活动。这时，邻近村庄的车鼓队、十音八乐队等都会聚到一起表演。群众烧香祭拜，庙会不断，民俗活动丰富多彩。

元宵心

莆仙元宵正月初六起由各方姓氏人家开闹，到正月十五进入高潮，俗称"元宵心"。在这期间，许多村庄同时闹元宵，家家户户设宴款待亲朋好友，延请外村客人前来游玩，这期间一些善于社交的人只能是从这家吃到那家，从这村赶到那村，彼于应酬。村里一些头面人物借此广邀四方客人，以此来显示自己的地位和影响力。有的人家置办的酒席多达数百桌，元宵成为民间独特的社交样式。

妈祖尾夜灯

正月廿九晚上，市区东岩山、文峰宫和清风岭三处妈祖宫庙内外张灯结彩，大厅里摆满了各种制作精巧的宴桌，几个妈祖宫同时举行"妈祖尾夜灯"活动。这也意味着全市元宵活动从初六开始，经过姓元宵、村元宵和总元宵到今夜已全部结束。妈祖信仰在兴化大地上有着广泛的影响，在百姓的心目中其元宵带有"统收、统归"的意思。相传民间闹元宵时多用九龙灯游戏，元宵过后，龙灯必须火化让它升天，以保平安；如不火化，便成"孽龙"，危害生灵。但龙乃海中之王，谁能主持这一仪式呢？民间认为妈祖是海神，统领四海龙王，所以妈祖的元宵节定为正月最后一天，以便让各地的龙灯集中起来统一烧掉，以免留下作乱，这便是妈祖元宵在月底习俗的由来。正月二十九晚，人们来到这里，点上一支支红红的蜡烛，祈求平安如意。烛光带着妈祖的保佑，全市元宵在妈祖的祝福中落下帷幕。

烛光象征美好愿望，全市元宵在妈祖的祝福中圆满结束

游艺

原始的游艺表演仍在民间延续 它源于何时 缘于何因 谁也说不清

人是实的，神是虚的

虚与实之间的不断转换产生出许多的传说

这些传说

在流传中不断神化，在神化中继续流传

说的人神乎其神

听的人将信将疑

说多了，说久了，便说出一种道理，一种现象

听多了，听久了，便听成一种习惯，一种信仰

久而久之

神便成了人们对无法预知世界的最好代言

成了人们在面对无法解决的问题时的自我妥协和精神寄托

成了人们生活的一部分

人与神之间神秘的距离感

恰在人与人的交往中若隐若现

庙会活动中的人与神

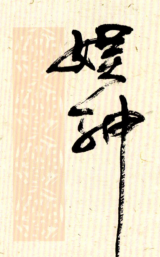

娱神

　　莆田是一个多神的地方，据说能叫得出名字的神灵就有1000种之多。有村落的地方就有庙宇，就有供奉的神灵，就有虔诚的信众和连绵不断的香火。在这众多信仰中，既有古闽越族居地的原始色彩，又有中原传统的宗教信仰，既能接受外来宗教，也有本土产生的妈祖信仰和林龙江创建的"三一教"，形成了诸神并崇的信仰特征，许多庙宇中甚至同时供奉几个、几十个不同教宗不同性质的神灵。平时众神都静静地呆在各自的灵位上接受信众的祭拜，还有许多有名无名的神灵座落在百姓人家的房前屋后，静观世间的凡尘俗事。只有到了庙会这一天，众神才能接受人们的供祭，才能与人同乐，演绎出丰富多彩的游艺活动。这种既娱神又娱人的民俗活动已成为莆田特有的传统符号。

庙会这一天，众神与人同乐，演绎出丰富多彩的游艺活动。这种既娱神又娱人的民俗活动已成为莆田特有的传统符号。

草台戏

草台戏就是民间娱神活动中演给妈祖（或社公）看的戏，各种庙会祭祀活动中总少不了它。这也是莆仙戏和木偶戏得到发展、赖于生存的土壤和空间。有时观众众多，挤挤压压满广场。有时戏台前空无一人，演员照样坚持进行表演，如果主人不叫停，戏班只能继续演。因为这也是演给神看的。

莆仙戏有个传统，一般新戏开台，还是新演员入班都会到瑞云祖庙供奉着的戏神田公元帅那里参拜。田公元帅就是雷海青，传说中有一次，一个莆仙戏班出海演出突然遭遇风暴，危急时刻，雷海青在天空显灵救了大家，当时他帅旗上的"雷"字被云彩遮挡，只剩下一个"田"字，因此就被人们盛传为田公元帅了。直到今天，每一个莆仙戏班，都有自己的祖师神龛供奉着雷海青，而像雷海青那样品格高洁、本领超众，也成为千百年来莆仙戏艺人做人演戏的风范。元宵期间莆田农村到处都能看到戏班演出，有宫庙请的，有福首人家请的，有演给群众看的，也有演给神灵看的，在这样的环境中莆仙戏至今仍在农村大地广为流行。

百姓人家请的木偶戏

元宵活动中演员演自己的戏观众忙自己的事

木偶在祖祠的神龛前表演

在雨中，尽管戏台前空无一人，演出仍在继续

①

②

③

④

⑤

⑥

摆棕轿

到

妈

祖

故

里

过

年

　　摆棕轿是庙会中最常见最热闹的娱乐活动，兴化大地上几乎村村都有棕轿表演的习俗。尽管各村棕轿的材质不同，有木头的也有竹子的，样式和重量也有很大差别，但每座棕轿顶部都会绑上棕叶，标记不同姓氏、不同村落。其中原由谁也说不清，只知道这样比较神圣庄严。同样，各村的棕轿都会放上一尊自己供奉的菩萨，由小伙子抬着，随队伍绕境巡游。

　　棕轿的玩法各村不同：有的是摆着棕轿不停地绕圈，有的是把棕轿绕在一起绕着火堆连续抬圈，有的是抬着棕轿跳过到火，有的是连续绕上九圈，有的是沿街巷快速奔跑。年轻人抬着棕轿在宫埕前表演时，围着一堆堆旺火轮番跳跃，在呐喊助威声中，你追我赶，互不服输。滚滚烟尘中飘着几镂神秘，仿佛神灵便在其中游荡，仔细谛听，似乎还能听到他们在开怀大笑呢。

　　棕轿活动简单易学，普及性高，不少到了一定岁数的男孩都会参加。由于它符合现代人的生活习惯和娱乐方式，所以仍有存在和发展的空间。而丰富多彩的棕轿表演也日益成为莆田最具特色的节庆活动。

1何寨村棕轿在大埕上绕阵走八卦　2华亭园头村棕轿跳过一堆堆旺火　3松东村棕轿以火堆为轴心不停地转圈　4东峤棕轿有近百斤，四个壮汉才摇一会儿就气喘嘘嘘　5松峰村把四顶棕轿搭在一起，十几个年轻人抬着它转圈　6澳柄村棕轿走麻将阵从一丙开始串圈一直走到九丙

抬着棕轿轮番越过火堆

南门摆棕轿

　　棕轿表演中，规模最大的要数城厢区南门村。正月十五下午二点，南门境内六个社的棕轿队从寿光义社出发，开始绕境表演。南门的棕轿摆法与众不同，由两个青壮年抬着棕轿，在跑动中不停转动手中棕轿。一路上，42架棕轿轮番跳过一堆堆旺火，每到一个社就要为敬神而表演。绕完6个社，队伍回到寿光义社的大埕。这时代表6个社的六堆干草被点燃了，6支棕轿队同时上场，围着代表自己社的火堆表演，看谁摆得快、转得猛。在四周锣鼓声和观众的呐喊助威声中，小伙子们使出浑身气力不停地跑啊，转啊，火小了立刻添草，人累了马上替换，总之就是不能让自己社的棕轿先停下来。在这一波高过一波的摆棕轿竞赛中，谁也不服输，直到100担干草烧完为止（正应了"新年火旺旺"的愿望）。活动结束后，由6个社的12个福首共同请客，大家一起吃福饭。

游

艺

到妈祖故里过年

僮身

在莆田农村丰富多彩的庙会活动中，最精彩最神秘同时也最吸引人的或许是"僮身"表演。"僮身"是节庆期间神灵下凡与人同乐的"代言人"，是人与神相互沟通的媒介。"僮身"经过叩堂，由"菩萨"附身并进行上堂表演。此时他就是"神"，所有举止神态表现得异于常人，偶尔还要就公共事务传递一下神的旨意。介乎人神之间的"僮身"，通过各种各样的娱神表演最终达到的是娱人目的。

由于"僮身"特殊的身份和意义，所以在选择"僮身"时，各村都有一套严密的程序。有的是经"关戒训练"选出，有的经吃素咒经宣誓确定，有的则是菩萨显灵直接指定。其中最严格的是江口一带，其"僮身"通过关戒禁身选出。此前，根据宫中菩萨的"要求"，全村10到20岁的男孩都集中到一个大房间中进行七天七夜闭关吃素的禁身训练。通过法师作法，根据神灵旨意从中选定十几个备选"僮身"。随后还要经过一个多月的练堂，就是把眼睛练到朝上翻以至看不到黑瞳仁，练成者再到神龛面前"出嘴"（宣誓）、"喝法水"，经菩萨同意后才有资格当"僮身"，其他人就只能当随僮了。

叩堂是从人到神的"进化"过程。不同宫庙的"僮身"扮相各有特色，但其叩堂过程却大致相似：刚开始时，"僮身"在案前闭目养神，年青人在旁不停地摇铃击鼓，高声诵读迎神的经文，并渐渐加快节奏。伴着节奏，"僮身"开始全身发颤不住摆头，而后突然一声大吼瞪直双眼，右手持剑左手比划，表情和姿势皆异于常人。这即意味着"神上身"了，铃鼓有节奏地敲打着，在随僮的护卫下，"僮身"开始上堂表演。

"僮身"上堂是"神"体现其非凡能力的表演，在不同的自然村有不同的表现方式，一般有打铁球、爬刀梯、穿银针等项目。但在对火的祭祀中，内容就更丰富了：有走火、跳火、踏火、吃火、撞火等。由于"僮身"是对神的人为演绎，因而其表演既要体现出超乎常人的举止和想象，又要符合现实生活所能承受的极限。所以说，它已不仅是远古神灵崇拜的延续，还寄托了人们对美好生活的一贯向往。有时村与村之间的往来也要通过"僮身"来沟通——虚实之间演绎出了许多说不清道不明的话题。

卸堂是"僮身"由神还原为人的一种仪式。和叩堂差不多，只是所念的经文不一样罢了。卸堂期间，有时菩萨会在人间"玩"得不尽兴不肯离去；有时本村的"社公"卸了堂，而别村的神灵又会附到"僮身"上来凑热闹；有时"僮身"卸不了堂，会不停地咬破陶碗。这些时候法师就要不停地诵经叩求，多做几个回合的法事。但最终"社公"们还是要"归位"的，"僮身"也会恢复常态，而看热闹的群众也渐渐散去，宫庙又恢复了往日的宁静。

九岁小"僮身"

上堂后的"僮身"

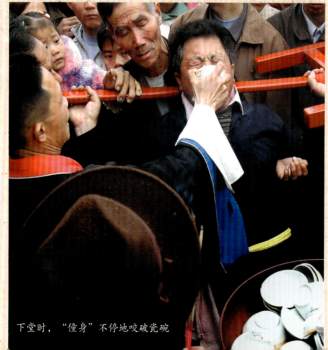

下堂时，"僮身"不停地咬破瓷碗

上堂

指"僮身"在铃鼓的鼓动下由人变神，表现出神的非凡能力和异于常人的神态和姿势。神灵护身后，或文或武皆由神的特点来定。不同村庄的"僮身"各有装扮：有穿戏服、披白衣、赤膊上阵等。"僮身"中年龄最大可能年过70，最小的只有几岁。

铃鼓

铃鼓是指引"僮身"上堂、表演和下堂的器具。一个"僮身"一般配一队铃鼓，通常由8个摇铃、8个打鼓组成。当"僮身"准备上堂或下堂时，十几个小伙子会不停地摇铃击鼓，吼着不同的腔调。其场面异于平常，狂热之中还带着儿分神秘。由于长期配合，铃鼓队与僮身之间有着很强的默契感：当"僮身"变换指法寓指某一神灵时，铃鼓会根据指示及时唱出与之相关的句子；同样的，当铃鼓根据需要变换铃鼓句时，"僮身"的神情动作等也会随之变化。

铃鼓句

铃鼓句是从祖上传下来的，根据不同的神灵而作，内容大都是赞美和颂扬。其一大特色就是不管每首铃鼓句怎么编，最后三句都是一样的："加咪弟子身倒立，加咪弟子身咒立，身颂配原滔滔呢。"至于这三句话的意思，乡佬们也说不清，大概真是说给神听的吧。

穿针

涵江梧郊里社的两位"僮身"上堂后，人们会在其中一个的手臂上穿一根6寸长的银针，并在针上点燃一支蜡烛，另一个则在两腮插上带有旗花的银针。随后，两位僮身在大埕中绕着火堆进行串箩表演。据一些老人说，过去还有穿舌头、托金钟等表演，可惜现在已经失传了。

卸堂

指"僮身"在神龛前随着阵阵铃鼓声中由神还原为人的过程，其仪式和上堂差不多，只是所念的经文不同。尽管有的"僮身"不肯卸堂，然而几经回合后所有的神灵都会回到他们该去的地方，还原后的"僮身"与往日无异，继续为各自的生计奔波。

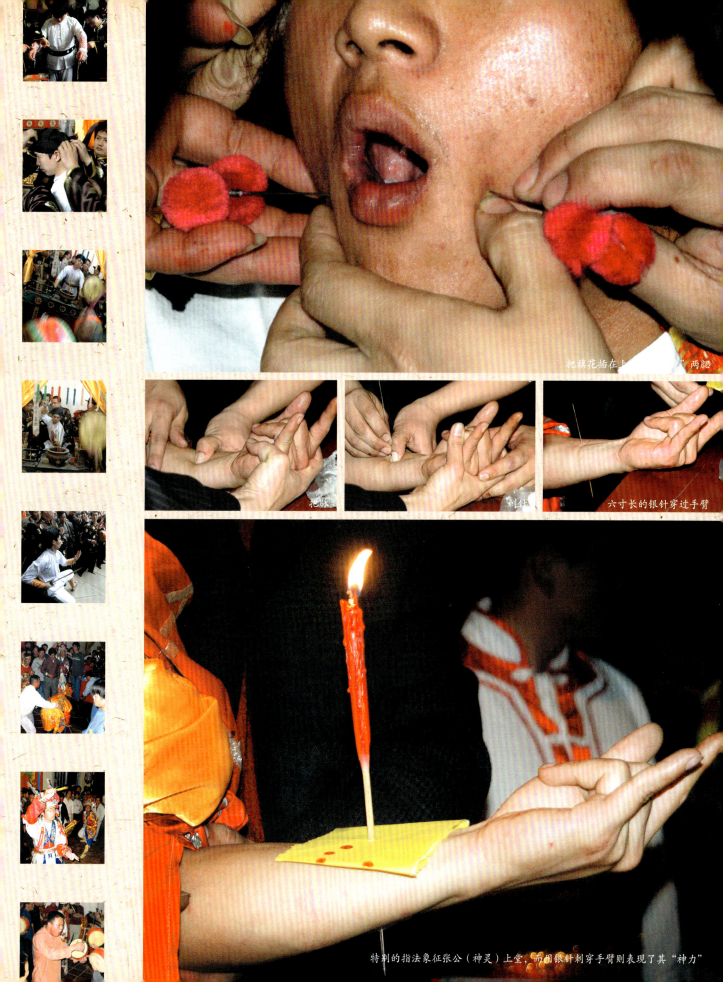

把旗花插在上□□□□"两腮

把脉　　刺针　　六寸长的银针穿过手臂

特别的指法象征张公（神灵）上堂，而用银针刺穿手臂则表现了其"神力"

祭火

火在人类进化过程中发挥了极为重要的作用，它改变了人类在自然界的生存方式，进而成为古人驱邪避险的武器。人类在生命终结时甚至用火进行最后的拯救、召唤和升华，从中形成的祭火等习俗至今仍是祭祀的重要内容。

在农耕社会中，人们对火的依赖和信仰更为直接：生活中用火来翻田除害、催苗出穗；祭祀中用火逐疫去灾、祈求丰年。这种对火的崇拜所形成的旺火求兴、迎福接瑞的民俗功能，深深根植于人类的发展进程之中。

在兴化平原，用火祭神和迎神的习俗也久为流传并不断衍变，使原生态的"祭祀性"活动无形中有了更多的"纪念性"色彩，并繁衍出玩火、娱神、乐人兼具的富有特色的民间游艺。表演中有光着脚丫走过熊熊烈火，也有赤膊上阵任党火花冲击，通过这些超乎想象却又合乎情理的竞技来刺激人的感官，凸现"神"的威力，从而产生对神，更是对大自然的敬畏。这些古老的祭火习俗在兴化平原中生息传播至今，在工业化、城镇化和现代化的冲击下，开始一点一点地发生变异——没有哪个年青人愿意苦练技艺以致把脚板磨出厚厚的茧块，穿舌头、托金钟等极富技巧性的活动业已失传，一些有娱乐功能和商业价值的活动却被不断地丰富、扩展。

吃火

踢火

撞火

游艺

到妈祖故里过年

跑火

吃 火

在涵江镇前、洋尾一带，庙会活动中有吃火花表演。5寸长的装满火药的竹筒，点燃后会喷出闪闪火花。这时，准备好的"僮身"赤膊上阵，把头伸得长长的任凭火花喷溅。每次约一分钟，一位"僮身"最多时可以"吃"十几筒火花。高潮时，四位"僮身"同时上台表演，博得观众阵阵喝彩。

踢 火

正月十八是涵江上炉村闹总元宵的日子，村民根据习俗会举行踢火表演。晚上，俞氏族人点燃摆好的六堆干柴，"僮身"、随僮和凑热闹的小孩绕着火堆来回穿梭，人借火势，火助人威，把现场气氛推向高潮。当干柴烧成木炭时，只见"僮身"赤脚上前，其他人紧随其后，朝火红的木炭边跑边踢，溅起的火花和烟炭满场飞扬。在人群的惊喊和冲挤下，队伍朝另一姓氏的宗祠行进，开始新一轮的踢火表演。全村五个宗祠的表演结束后，已是下半夜了，但大家仍未尽兴，全村男女老少集聚在两米宽、百米长的古街上，进行最后一轮表演，一堆堆旺火把整条街映得通红，只见年轻人举着旗、敲着锣，边跑边踢，在沿街村民的欢呼声中朝宫庙奔去。大队伍一过，许多村民就涌上来把散落一地的炭灰带回家，盼望着新年的生活多些旺气。

撞 火

正月十五晚，梧塘九峰依照传统习俗举行撞火活动。大埕上三米高两米宽的柴墙开始燃烧，熊熊烈火把整个宫庙照得通红，极大调动了撞火人的胆量和观众的情绪。说时迟，那时快，只见四个小伙子紧紧抓住神轿朝火墙撞去。据在场的群众介绍，第一个撞过火墙的人可获得上千元的报酬。过去这种靠神的魔力所产生的古老游艺，现在只能用钱的动力让其得到延续。

跑 火

正月十五中午，黄石华东村举行元宵行傩。行傩队伍出发时，宫前的一堆堆干草开始燃烧。突然间几声炮响，一位身着白衣手持佩剑的"僮身"从宫中冲出，踏着火堆猛跑。随后，"社公"在浓浓的香火中缓缓地绕村行进，把平安赐予众人。

跳 火

正月十六，当巡游队伍回到何寨村时已是下午，但人们都不愿离去，为的就是看跳火表演。大家围着大埕，埕中央堆放的干柴已烧成红红的木炭。跳火表演开始时，从宫中跑出一位"僮身"，在木炭堆中跳起了奇怪的舞蹈，表演结束后，另一个"僮身"又马上从宫中跑出来接着跳，几个来回后，人们希望通过这一习俗能给大家带来旺气。

跳火

踏火表演

走 火

正月十七中午，梧塘松东一群准备踏火的年轻人由师公引领到池边洗脚。据说师公作法洗过的脚能承受大火的烧烤。随后大家抬着神轿来到福寿檀，乡佬点燃一堆两米宽一米高的干柴。周围震耳的锣鼓声极大地调动了抬轿人的勇气和围观群众的情绪，一对对年轻人抬着神轿，仰首闭目，赤脚走过火堆。

踏 火

踏火是与福寿檀相距百米远的福寿宫的传统表演项目。四个穿白衣的小伙子赤脚抬轿踏过三米长的火路，连续几个回合，观之让人惊心。结束后，有些年轻人的脚板发黑，走路一拐一拐，脸上露出一种说不出的表情。下午13尊棕桥还要进行绕树头表演，希望能抢得头运。

走火表演

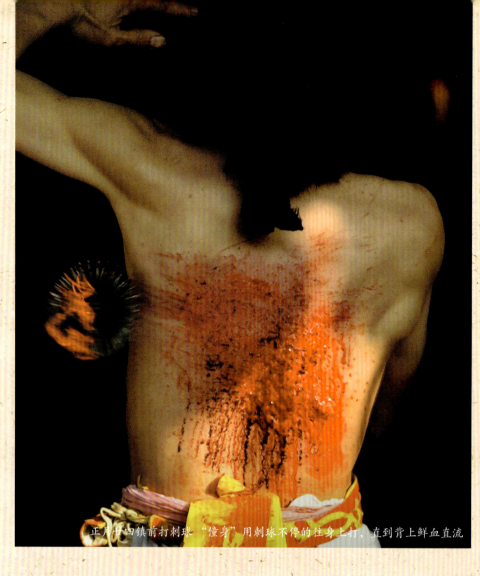

正月廿四镇前打刺球 "僮身"用刺球不停的往身上打，直到背上鲜血直流

打刺球

　　打刺球是镇前、下湾头、七步等自然村元宵期间的传统游艺表演。这一天宫庙内外挤满了四面八方涌来的观众，"僮身"开始上堂时，每位都配有一队铃鼓作伴。阵阵铃鼓声响起，"僮身"赤膊上了刀轿，被抬着绕村而行，同时不断变换手势指挥着铃鼓队的旋律，并根据节奏不停地把刺球往后背敲打。就这样，走走打打，甚至后背全是鲜血也不停下。关于这种习俗的由来，至今也没人说得清。

用铁钉做成的"刺球"

球中的"僮

农历二月初二下湾头持刺球④

游艺

到妈祖故里过年

爬刀梯

在莆仙大地上举行爬刀梯的宫庙有莆禧城隍庙和涵江雁阵宫等。而每年在同一时间都举行爬刀梯的，只有莆禧城。正月十九许多慕名而来的观众从四面八方聚集在城隍庙广场上，中午时分，两位"僮身"绕境巡游回宫，此刻广场上早已是人山人海。人们让出一条道，"僮身"边跳边舞着向广场中央10米高的刀梯走去。运足了气后，"僮身"赤脚踩着刀刃，一刀一刀地往上爬。当爬到最高处时，"僮身"会向四周人群中抛撒钱币。下面的人们瞪大了眼，高举双手，希望能得到一些神灵赐予的好运象征。

穿箩

穿箩也叫跑埕，涵江一带庙会活动中的娱神表演。各村在表演时间、服饰和动作上有很大差异，但内容都差不多。表演时，"僮身"和一群拿三角旗的小伙子在大埕中像串箩似的跑动，时而串圈变阵，时而绕埕奔跑，不停地走着八卦阵形，有节奏地穿插变化。演者如痴如醉，观者神情亦然。

上炉村举行穿箩表演

雨 中 的 期 盼

出游是民间举行规模最大活动内容最丰富参与人数最多的民俗活动

出游

出游是节庆期间农村举行规模最大的民俗活动。然而不同宫庙各有习俗，有的在妈祖（或社公）的诞辰日出游，有的根据神明的"指示"安排活动，有的是每逢周年在妈祖（或社公）像前掷杯决定时间和路线。有些村在两次出游相隔时间长达60年，而有的村在一次出游就需要5天。不过，大部分宫庙都是选在每年元宵期间某个固定时间内举行。

平时，大小神灵们都被高高供着，人们似乎觉得它们受了一年的高香也挺不容易的，所以就在元宵这样喜庆的日子里把它们抬出来与人同乐。在这众多神灵中，妈祖（或社公）最是显赫，往往坐在凉伞香亭里，在众人的前呼后拥下，和着浓浓的鞭炮声缓缓前进。而级别较低的神灵就只能坐在随从的棕轿上了，再后面被安排在马背上随队巡游的，就是祖宗的灵位以及名字写在贡银上的小仙。巡游的路线一般是总宫庙统辖的范围，或者从总宫分灵出去的众宫庙的领域，也有一些会安排到同本村有传统友好关系的"通家乡"去。

对出游活动，乡亲们都会自觉参与，该出钱的出钱，该出力的出力。一来这样隆重的活动每年也就是重大节庆时才会组织，二来其热闹与否也直接关系到本村人的面子问题，所以大家都想把它搞得热烈些，同时也讨个吉利。

出游这天，全村男女老少统统出动，各种马队、彩车队、车鼓队早早聚集宫前。浩浩荡荡的出游队伍由大旗、起马牌和手持戟剑刀枪的仪仗队鸣锣开道，有时前后连绵长达数里，十分壮观。宫庙神明塑像也用特制的轿轿抬出，所到之处，家家户户鸣炮烧香，给神灵"挂胚"。大家都希望这宏大热闹的场面能讨得神灵欢心，来年多给一些荫庇，同时这也是一种纯朴的乡间虚荣：隆重的场面给自己的脸上增加了不少光芒。

通 告

黄石水南北辰宫玄天上帝逢丙年（明年是太岁丙戌年）正月十三日出郊佈福，泽被万民（上午按常例出郊，下午出游）是一件遂民意，合时势，顺朝流的大喜事。北辰宫管委会、董事会特邀縠城宫负责人和水南二十四铺各村（宫）的董事会负责人，一齐跪在帝之前，玄天上帝批准。此次帝爷出游，是北辰宫建宫450年来纯属首教事务局的批准。气势空前，邻近各县区的贵宾和善男信女望风而来隆重至极，希民众热情扶持，祈保福寿康宁，子孙昌盛，兴旺发如意，确保爷巡游取得完满成功。

　　　　　特此通告

◀ 通 告

指宫庙向村民公布出游时间和内容。通告发布时一般在宫庙大埕上竖一旗杆，老人们一看便知将要举行出游。这时百姓人家会主动到宫庙的董事会，按户数或人头交钱，一些有钱人家也会主动题缘，有时一次多达上万元。董事会由村里活动得开的乡老组成，负责筹集和管理经费，组织并协调整个活动。

◀ 封 道

出游前人们会先在每一个要经过的路口、村口钉桃签，贴神符，表明这是出游队伍必经之道。封道的范围多安排在总宫庙及分灵小庙统辖的区域，或附近的"通家乡"。

出 游

到 妈 祖 故 里 过 年

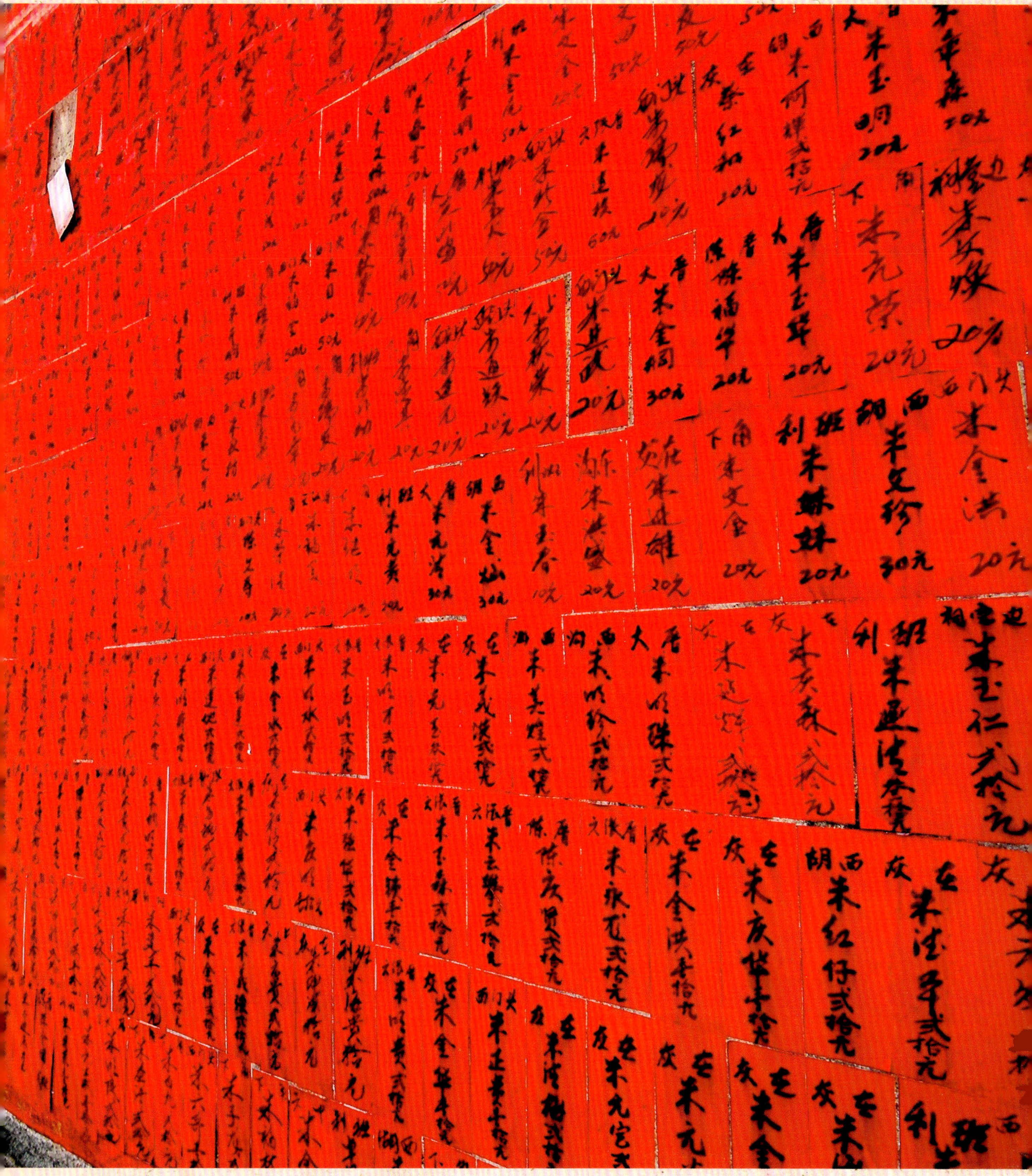

集 合

出游这天是全村最热闹的日子。小孩早早赶到集合点化妆；妇女们穿着大红的衣服在张罗车鼓和彩车；男子们集聚宫中，或抬香亭，或当执事；老阿婆带着扫帚准备随队扫街。外地请来的马队和文艺表演者也陆续赶到，他们先到宫中大埕绕场，表明向神灵报到，然后按序排队，耐心等候出发。

队 伍

各村的出游队伍在排序和规模上都有很大差异，但总少不了起马牌、宫旗、香亭、扫街、执事等老传统角色。有时十几个村联合出游，队伍就像一条长龙蜿蜒数里，在乡野村舍之间穿梭游走。所到之处，人潮涌动，锣鼓声、鞭炮声和欢笑声融为一体。衬上乡村朴素自然的景致，好一幅游春图！

升 帐

升帐是出游队伍出发前举行的仪式，如同过去向皇上奏请那样通告神灵。大厅中，理事厅（相当宰相）、中军府（相当都督）、六部、阴阳宫十将、八班执事等分别排在神位两旁。只听旗牌官喊"挂起参谒牌——"，这时一个皂隶提着参谒牌在堂上绕圈起舞，八班呼喊赞堂。几个回合后，土铳连放三响，大家为之一振。在"众臣"——跪拜叩首后，妈祖（或社公）端坐香亭之中，在众人的簇拥下出宫巡游。

皂 隶 舞

皂隶舞源于远古的崇神傩舞，也称八班舞，常在队伍出宫前、进行中或回宫时表演驱邪捉鬼的动作，以此表示神灵下凡驱除当地邪气，保佑一方平安。其中最有特色的是灵川的皂隶舞，表演者头戴凶神恶煞般的面具，手持棍棒走在队伍前面，每逢人多之处就开始表演：两人一对，时而面对面相请，时而背靠背相靠，抑扬顿挫中尽显原始舞蹈的单纯与古朴，成为整支出游队伍最显眼的文化符号。

灵川皂隶舞开道表演

三 角 旗

是莆仙大地节俗中的标志性旗帜。各个宫庙、村落、族群和百姓人家都有属于自己的旗帜，每一面旗承载着不同的历史和故事。尽管旗的颜色、标志、图案各不相同，其形状却多为三角形。最大的是宫庙中的大旗，出游时需要几个壮汉齐心协力扛着。元宵出游期间，家家户户把旗拿出来挂在门前，大人小孩举着大小不一的彩旗，走在出游队伍中，犹如一条条彩龙飘动在绿色田园中。

土 铳

土铳是民间自制的，内填火药，点燃后会发出巨响。它就像出游队伍的号角，出发前或经过村庄宫庙时都要燃放，而附近的人们根据响声就能判断队伍的位置。现在许多村庄开始用电子炮替代传统的土铳，人们只要轻轻一按遥控器，就可连续发出声响。

马 队

出游队伍中有一大景观，那就是上百匹装扮一新的马匹排着队带着人，驮着神随队穿梭在村舍绿野中。这种独特的民俗在其他地方已很难看到。这些马匹是沿海一带群众自己饲养的，只有在元宵出游时才派上用场。马帮之间也经常联系，全市什么时间、什么地点要出游他们都清楚。出游这一天，马帮天没亮就从家里出发，自己的马舍不得骑，一般是骑自行车牵着马赶到集合地，等待人们的选择。百姓租马的目的是娱人和娱神，一个是让家里的小孩穿着古戏服坐在马背上同其他孩子一起出去乐一乐，一个是在贡银中附上自己供奉的祖宗或神灵，放在马鞍上随同其他神灵一起出郊巡游。

通家乡

旧时莆田农村常有黑白旗的械斗，也就出现了一些立场相同的结盟村。其中一些世代往来，久而久之就形成了通家乡。这种友好关系传承到现代，械斗已成为历史，通家乡就借助出游活动，通过宫与宫之间的交往，来增加村与村之间的交流，使这种难得的关系传承下去。

出游

到妈祖故里过年

集 午

巡游队伍来到通家乡，村里的主人不仅要安排好神的驻驾休息，还要安排好几百人的午餐。驻驾仪式结束后，大家就挤到到八仙桌上一起吃福余（饭）。但现在许多地方开始分发快餐盒饭，"集午吃福余"的热闹场面已很难看到了。

驻 驾

神灵出郊巡游时，需要到从主庙分灵出去的或是通家乡的宫庙中去驻驾休息。宫中的主神会亲自到村口接驾，陪同回宫，并安排客神歇息。当客神要继续巡游时，主神要送到村头。临别时两边抬轿的会不停地摇晃香亭，以示相亲相敬。

出游

到 妈 祖 故 里 过 年

挂腘

　　挂腘就是百姓在接驾时给妈祖（或社公）的压岁钱。出游队伍到来前，妇女们会把钱叠好用红线串起来，待妈祖（或社公）驾临，人们争相把准备好的钱或银锁挂在神像上，多少不论，只求心意。

回宫

　　妈祖（或社公）回宫时要举行一系列仪式，这也是整个出游活动的高潮。当队伍回宫时，所有马队、彩车和文艺队都要在宫前绕埕一圈以示谢别。当妈祖香亭到来时，整个大埕早已挤满了人，锣鼓声、土铳声一阵紧过一阵，八班执事在前开道，皂隶跑进跑出，几十个壮汉抬着香亭一起冲进宫中。有的神灵在外面玩得高兴不肯回宫，人们只能多跑几个来回。但最终，所有的神灵都会回到自己的灵位上去。

出游

福余

　　出游结束后，董事会择日连续几天大摆酒席，分别宴请村里每户派出的代表，答谢通家乡和邻村与出游的有关人员。其间上百桌宴席摆满了宫中内外，大家聚在一起其乐融融，呈现出大家庭的欢乐和谐气氛。宴请通家乡等外村客人时，村里还要组织车鼓队夹道欢迎鸣炮相送，等到送走最后一批客人，出游节俗才算划上句号。

妈祖 出游

　　每年正月初十至十五，是湄洲岛祖庙妈祖回故里东蔡村的日子。

　　东蔡村是"天妃故里"，妈祖在这里生活的地方，留下了许多美丽的传说。元宵期间，村民照古例举行祭祀活动，纪念这位"天上圣母海上女神"。现在的东蔡村又分石后、东蔡两个自然村，石后上林宫和东蔡上英宫。正月初十，"妈祖"回娘家石后村玩了两天，在上林宫休息等待回宫。上午九点"僮身"上堂，而后"妈祖"在送神队伍的护送下随"僮身"回祖庙。一路上，群众早已备好宴桌，摆满红烛、香炉和供品，举香翘望。当远处的锣鼓鞭炮声渐传渐近，老阿婆们会点燃一堆堆稻草，为"妈祖"烘脚、照路；壮年男子则放炮迎神。当妈祖神轿经过时，大家拈香下跪，虔诚地目送"妈祖"回宫。"妈祖"銮驾刚一回宫，早已候在祖庙殿前的东蔡村群众马上起驾迎神，恭请"妈祖"前往上英宫巡游。刚到上英宫歇息不久，"妈祖"又在众人的簇拥下绕境巡游。晚上，"妈祖"会驾驻当地"福首"家中。这时，不停绽放的烟花映亮了整座岛屿，仿佛就是传说中渔民心里那不灭的灯塔。妈祖神轿前，烛光摇曳，香火缭绕。岛上群众聚集于此，观赏各种精心制作的宴桌和供品，一旁的车鼓队、十音八乐不停演奏，节日欢快的气氛一直延续到深夜。随后是摆棕轿、耍刀轿等表演，一群手执三角旗的小孩围着火堆不停跳动，抬棕轿的小伙子紧跟着忽进忽退忽左忽右。当一顶顶棕轿跳过熊熊的旺火时，观众争相叫好，喧嚣声中节庆的气氛走向高潮。

　　活动一直延续到十四晚上，此时"妈祖"的身上早已挂满了信众们奉献的礼物。据习俗，"妈祖"要在十二点之前回庙。此刻祖庙上下已是人山人海，有护送妈祖神回宫的沿途信众，有赶在十二点前来烧头香的四方香客，也有陪分灵出去的妈祖前来祖庙叩拜谒灵的各宫村民。到了农历十五，大家怀着美好的愿望和虔诚的满足感渐渐散去。就这样，妈祖故里湄洲岛的元宵活动正式宣告结束。

"妈祖"在众人的簇拥下绕境巡游

春节期间民俗活动形式各异、斑斓多彩，体现出莆仙文化所具有的强烈内聚力和乡土气息。在闹元宵的过程中带给人们最多的是欢快与喜庆。元宵期间，家家户户张灯结彩，妇女都穿上红色服装，整个节俗都被红色包围着。"福首"人家搭彩门、摆宴桌、装彩架、设宴广邀亲朋好友。燃放鞭炮不再是驱鬼的手段，而是主人财力的体现。原始的祭神祈福变成了娱神娱人活动，庄严神秘的仪式变成了人们喜闻乐见的娱乐活动。全市100多个莆仙戏剧团，每个村的车鼓队、十音八乐队等民间文艺团体活跃在农村节俗中。人们借着储神的"巡游"汇聚成全村人的集体出游，难怪许多外地人看到这般热闹场面，而把元宵节比喻成莆田人的"狂欢节"了。

　　春节已成为一个莆田民俗文化的窗口，其间凝结了莆仙人特有的民间智慧和社会力量，成为人们了解莆仙历史、研究妈祖文化的一个鲜活样本。

乡村视野中的莆田民俗

（一）

妈祖在我童年的生活记忆中是很陌生的。"文革"期间，只是偶尔看到邻家阿婆在偷偷供着的神龛前烧香祭拜，隐约中听到"娘妈"的字眼，知道她能保佑平安。直到八十年代，我才知道莆田人的"娘妈"就是妈祖。

1994年调回莆田《湄洲日报》后，记者职业的便利让我有机会大量接触妈祖信仰，从而亲身体会到妈祖在华人世界中的非凡影响力。每年农历三月二十三妈祖诞辰和九月初九妈祖升天这两天，全世界2亿多信众都会把目光聚焦于湄洲岛祖庙。整个湄山挤满了从四面八方赶来祭拜的虔诚信众，人群川流不息，鞭炮响个不停，香火四处弥漫，湄屿之上热闹非凡。此时此刻，我不禁联想到当年"西域纪行"的感受。

1993年，我从新疆出发，途经甘肃、青海、横穿"世界屋脊"，到达拉萨。在采风行程中，新、藏与内地在地域文化和生活习俗上的差异，带给我前所未有的视觉冲击和心理反应。特别是在布达拉宫和大昭寺前，宗教的神秘与建筑的完美结合营造出的森严、静谧的无限距离感，让人不由心生敬畏。湄洲岛祖庙素有"海上布达拉宫"之称，两相对比，祖庙的建筑风格更为亲切自然，线条细腻柔和，色彩和谐明快，屋顶跳动着莆田民居"燕尾脊"的优美韵律。妈祖信仰为适应航海和移民的需要，并没有太多的繁文缛节和清规戒律，人们在充满母性的妈祖像前点香、合掌、屈膝、叩首、膜拜，脸上流露出倾诉、祈福的神情。

妈祖文化的特点使其在海外广为传播。由于台湾地区有大量妈祖信众，因而妈祖信仰极大地拉近了两岸的距离，开创了两岸交往史上的许多"第一"。最让我感动的，是采访过程中亲眼所见到的台胞对妈祖的虔诚——

据不完全统计，先后从台湾地区来湄洲岛祖庙朝拜的进香团有上万个，突破百万人次。其中年龄最大的95岁，最小的只有4岁。他们有的是全家三代一起来，有的是独自一人年年来，有的是随团来，有的是直航来。不管通过何种方式来到这片圣土，他们都带着一颗虔诚的心，一种美好的祈盼。这种虔诚与祈盼承载着割舍不断的两岸情缘，在每位来湄洲岛朝拜的台胞身上，我都能感受到中华文化在台湾人民心中留下的深刻印记。

1998年我随团到新加坡参加枇杷推介会，专程到当地的莆仙会馆采访，同样也感受到了浓浓的妈祖情缘。在新加坡，几乎每个同乡会馆都兼祭祀妈祖，当地最大的宫庙就是供奉妈祖的天福宫。我在莆田会馆看到乡亲们专门在一楼设庙供奉妈祖，庙里的摆设装饰、祭祀用品和家乡的一模一样。一位老华侨介绍说，他爷爷那一辈从莆田来到南洋，从拉人力车、修自行车开始，经过几代人的努力，现在乡亲们开车行、办酒店、搞地产，过的是当年想都不敢想的生活，而这都归功于妈祖的保佑。因此每逢妈祖纪念日和中国传统节日，乡亲们都会带着家人聚在这里，按照家乡习俗举行祭祀活动，希望以此增强乡亲的凝聚力，让子孙不要忘记自己的根。不仅新加坡如此，妈祖信仰同样随着华人的足迹遍布世界各地。

我们常常用"现象"来概括一些难于解释的东西，那么，我们也来看一些妈祖信众口中津津乐道的"现象"吧——

　　2002年5月8日到11日，妈祖金身首次直航巡安金门。此前金门岛长期干旱，而妈祖一来，就下起了雨缓解了旱情。金门民众高兴地称，这是妈祖显灵带来的甘露。

　　2006年5月26日，中央电视台"心连心"艺术团到湄洲岛慰问演出，久未见晴的雨季让人们担心不已，艺术团也做好了雨天演出的准备。但湄洲岛上的群众却说："妈祖主题活动开始时天总会放晴的，多年来都是如此。"果然，当天早晨，阳光冲破云层，演出顺利进行。

　　而多年来，地处东南沿海的莆田屡屡受到台风的威胁，却鲜有台风在莆田直接登陆造成重大损失。沿海的民众也把这归结为"妈祖保佑"。

　　……

　　解不开的妈祖情缘，道不完的寻根佳话，千百年来，妈祖从一个民间普通女子上升为世人共敬的"天上圣母""海上女神"，她用她的慈爱和神奇铸就了一条维系华人血脉的神圣纽带，乃至于"有海水的地方，就有华人；有华人的地方，就有妈祖"。妈祖不仅是莆田最重要的文化符号，更是中华民族传统美德的象征。

　　出门在外，有时我提到莆田还不一定有人知道，但一说自己来自妈祖的故乡，那就无人不晓了。久而久之，身为妈祖福佑的子民也成了我心中的骄傲。

（二）

　　妈祖诞生在莆田，妈祖信仰源于莆田，妈祖文化作为中华传统文化的一部分，离不开"文献名邦"、"海滨邹鲁"的积淀。莆田地处福建中部，台湾海峡西岸，四周起伏的山峦和茫茫的大海构成相对封闭的环境。境内丘陵、河流纵横交错，冲积而成的兴化平原成了农耕时代百姓安居乐业的沃土。西晋以来，中原一带的汉人千里迢迢来到这里，他们带来了正统的华夏文明，并在时光流逝中不断地与闽越土著的文化交汇融合。就这样，从一个人到一家人，从一个家族到一个自然村，久而久之就有了千年古镇，就有了兴化古府。在这个漫长的过程中，人与人、村与村之间在生活和行为方式上互相渗透、影响、仿效、补充，就有了被大家所认同的语言和习俗，构成了较为稳定的社会风俗。在莆田方圆4200平方公里的土地上，外地有的风俗这里有，外地没有的风俗这里也有，外地已演变得面目全非的风俗这里还在延续。莆田民俗的多样性与原态性与此地独特的地理、方言和文化认同紧密相关。

　　民俗文化与宗教，同为一种古老而又普遍的社会文化现象，两者之间有着不解之缘。形形色色的宗教活动溶入人们的生活，成为莆仙社会活动中的重要内容。只要有村落就有庙宇，就有供奉的神灵，就有虔诚的信众，就有延续不断的香火。在这众多神灵信仰中，既有古闽越族居地的原始神崇拜，又有中原传统的宗教信仰。此地既能接受外来宗教，又能融合释、道、儒而自成三教合一的"三一教"。妈祖信仰就是在诸神并崇的文化背景下，由下而上逐渐形成的。她与正统宗教信仰的明显区别在于，她没有规范的教义，只是通过口传身授和分灵，在漫长的传播过程中不断得以丰富。其内容不仅呈现出浓重的道教色彩，还补充进许多佛教传说，同时也出现了不少儒家教化的内容。然而这般塑造也难改变民间信仰的常态，古代民间信仰，鬼神观念根深蒂固，面对天灾人祸，人们依旧仰仗神灵帮助，遇难就求，遇神就拜，用相同的方式祭祀不同的神灵，传统信仰成为人们精神生活的支撑点。妈祖作为救死扶伤、消灾解危、祈福平安的民间偶像，符合人们的生活需要和精神需求，因此，在诸神并存的莆仙地区，妈祖信仰最终得到最热烈的推崇，妈祖文化也成为莆田风俗文化最重要内容，其庙宇分布最广、规模最大，香火自然也是最旺的。

　　莆仙风俗文化反映出该地区社会群体的生活方式和约定俗成的行为方式，走进莆仙民俗圈就能感受到，地理环境制约和多种文化影响下所形成的传统风俗习惯，至今仍在影响着人们的生活。

莆仙民俗是在农商共生、农商并重的社会环境中产生的。我在十年的民间行走中，深刻感到莆田悠久文化传承中的两大现象：老人们深谙民俗活动的细节和规程，并极力将之按部就班地进行下去；而大多数民众对待民俗活动的态度则是保留其中的趣味性，剔除繁琐冗杂的内容，使之更适应现代化的生活。前者的集中表现就是莆田农村的民俗董事会，成员一般由村里有威望的老人组成，负责全村性的重大活动的组织和筹备。虽然董事会是一个非正式的组织，但它在民俗活动中却有很大的影响力，从娱神到娱人，每一个细节都在他们的指挥下进行着。事实上，其他人既不可能也不愿意去细究这些细节，他们更愿意把这些民俗活动看作是难得的娱乐。这种轻松待之的心态，一方面使民俗活动蓬勃兴旺，比如在莆田民间的节庆活动中，村与村之间的交流不是通过人来进行的，而是通过相互间的请神、接神、娱神来达到联络友好的目的，由此，一些地方甚至可以组织起多个村落相互串联的盛大庙会活动；另一方面又使原始的"穿舌"、"走海"等高难度的表演和活动中一些繁琐而内涵深刻的细节趋于消亡。

民俗植根于百姓的精神，依存在人们的生活中，反映在社会生活的方方面面。民俗缘于农事节日和神事圣期，而人民群众对与自己生活息息相关的民俗的自发改造，使得莆田民俗活动呈现出"一村一俗"的多元化局面。这些民俗积淀在节日风俗中，通过节俗活动，又具体反映出它所包容的文化特质。

（三）

在传统节日中，最具地方特色，最能体现其鲜活性和多样性的就是传统春节。

节日风俗的形成是一种历史的积淀过程，在漫长岁月的缓慢节奏中，莆仙人把自己的生活方式和行为方式潜移默化地注入到过年的节俗中，在纪念性、传承性和稳定性的基础上，更鲜明地突出地域性。春节成了莆田一年中喜庆时间最长，活动内容最多、节日气氛最浓、参与范围最广的传统节日。

莆田人过年俗称"做岁"，许多特定的习俗承载着特定的历史事件所赋予的文化内涵：

莆田人贴的春联和其他地方不一样，春联的上部要留出一段白头，俗称 "白头联"。而一个春节在这里要过二次年，大年三十过完后，初二不仅不过节，也不互相串门。到了初四日，人们又开始张罗各项物品，准备重新过年。初五日，人们才像内地的大年初一一样，各家各户串门走访，回忆过去的历史，联络乡邻的感情，畅谈未来的希望。因此，春节在莆仙方言中又俗称"五日岁"。

莆田人有着深深的祖先崇拜，许多祖先遗留下来的风俗习惯，相沿千年而不变化。但是以中原文化为主脉的莆仙文化，在春节的节俗中何以会与其他地方有如此大的不同呢？原来，是300多年前发生在莆田的一个重大变故，导致了这里春节风俗的改变。

那一年，倭寇入侵到莆田一带盘踞了几个月，期间，烧杀虏掠，劫财夺命。一直到抗倭名将戚继光从浙江赶来，才赶走了他们。这时已经是次年的大年初一了，在山上避难的人们陆续返家后，哪里还有心思过年？收拾残破的家园，悼念故去的亲人，初二这天便成了莆仙人一个忌讳、悲伤的日子，延续下来就形成了初二不串门的习俗。直到正月初四，才重又过起了大年。白头春联也由此而生，以表示对死去的亲人的追思。看似奇怪的习俗中，竟铭刻了莆田人这样一段惨痛的历史记忆。

元宵节是继春节之后的又一个重大节日。自每年正月初六开始，莆仙地区就开始了长达二十多天的狂欢节：村村轮流闹元宵，一直闹到正月二十九妈祖宫举行"尾夜元宵"才结束。农历二月，许多村庄还要举行庙会出游。过了二月，这个年在百姓心中才算真正过完了。元宵活动中，各村也是各具特色：搭桔塔、蔗塔、糕塔、摆全猪、全羊、全鸡和全鸭等，剪纸、妆架、摆斋菜、设宴桌、糊纸样等民间工艺更是五花八门，异彩纷呈。同样是棕轿，各村的做法和摆法也是各不相同，棕轿舞表演时有跳有摆、有走有跑、有绞有转，如此多的习俗，大家都是按照各自祖上传下的习惯相沿成俗。

在祭祀仪式中，原始的巫术、敬神、祓禊、驱邪及祈求等仪式，仍是祭拜祖先和神灵时的主要内容，至今我们还能看到远古时代祭神所产生的皂隶舞、僮身穿针、打铁球、吃火花、爬刀梯等传统游艺，这些活动也成了村与村相互往来、相互观赏的一种交流方式。

春节期间民俗活动形式各异、斑斓多彩，体现出莆仙文化所具有的强烈内聚力和乡土气息。在闹元宵的过程中带给人们最多的是欢快与喜庆。元宵期间，家家户户张灯结彩，妇女都穿上红色服装，整个节俗都被红色包围着。"福首"人家搭彩门、摆宴桌、装彩架、设宴广邀亲朋好友。燃放鞭炮不再是驱鬼的手段，而是主人财力的体现。原始的祭神祈福变成了娱神娱人活动，庄严神秘的仪式变成了人们喜闻乐见的娱乐活动。全市100多个莆仙戏剧团，每个村的车鼓队、十音八乐队等民间文艺团体活跃在农村节俗中。人们借着储神的"巡游"汇聚成全村人的集体出游，难怪许多外地人看到这般热闹场面，而把元宵节比喻成莆田人的"狂欢节"了。

春节已成为莆田民俗文化的一个窗口，其间凝结了莆仙人特有的民间智慧和社会力量，成为人们了解莆仙历史、研究妈祖文化的一个鲜活样本。

（四）

莆仙民俗活动尽管在"文革"时期暂时销声匿迹，然而上个世纪八十年代，改革开放浪潮使传统民俗如雨后劲草在兴化平原上复苏，并呈现出顽强的生命力。一些传统技艺和古老习俗在老一辈人的身传口授中得到传承，农耕时代所形成的社会风俗仍在影响人们的生活习惯和行为方式。

到了九十年代中期，莆田地区在经济、科技、文化、生活等领域已经发生了巨大的变化，现代文明带来了新的社会风尚和新的价值观。七十年代以后出生的年轻一辈有了更多的科学知识而减少了对神灵的敬畏，原始的鬼神世界也逐渐被网络世界所覆盖。城市化、工业化、信息化已取代传统农业模式，促使社会环境和生活内容发生改变，随之而变的是人们的价值取向和思维观念。传统民俗也因生存环境的缺失而急剧萎缩，一些观赏性、娱乐性、实用性的民俗内容被迅速扩大，有的被注入商业成分；一些原始的、古老的、繁琐的民间习俗被现代人逐渐简化和异化，比如传统的蜡烛点灯已被电灯取代，手动的工艺开始变成电动。踩街、出游的队伍中出现了飞机大炮等现代化的内容。民间传统技巧也面临着无人传承的尴尬，有的村庄在建设中，有历史积淀的石坊、石雕被重新磨光变新，古色古香的石板桥架上了水泥建筑，百年积淀的水乡古韵就这样一点一点的失去了灵气，独特的文化内涵在人们现代化的恍惚和晕眩中成了断线的风筝。

民俗文化就像长在石头上的苔藓，它是在漫长的岁月累积和外部环境的滋润下自然形成的。石头因为有了苔藓才显现出应有的灵气与积淀，一旦苔藓被破坏而消失了，石头就成了一块普通的物品。莆仙传统习俗虽然仍在这片土地上存活着，但它的精神内核和社会外延已发生了改变，目前只是依赖它自身的惯性得已延续，如果不依靠人为的介入加以挖掘保护，就有可能失去它原始的根络。当然，只要用心研究，传统在当代仍然可以重现光芒。妈祖金身巡游台湾、澳门、金门等地，就是昔日莆田"出游"习俗活动的传承与发扬，是传统民俗适应社会发展的成功尝试。

保护传统民俗是一个系统工程，需要更多的有识之士参与推动和实践。我从上世纪九十年代中期开始，每年春节行走民间，用镜头记录民间原生态的影像，十年既往，从未间断。不知不觉间，手中的片子有的已成为不可再现的历史影像；不知不觉间，自己对莆田民俗也多了一许思考、一份责任、一种期盼。现在，我把多年积累的影像，作为一份资料奉献给大家。我真心祈盼，让更多的人来了解莆仙文化，通过莆仙民俗丰富妈祖文化的内涵，借助妈祖文化的影响让莆仙民俗走向世界。

这就是我十年的心血和意义之所在。

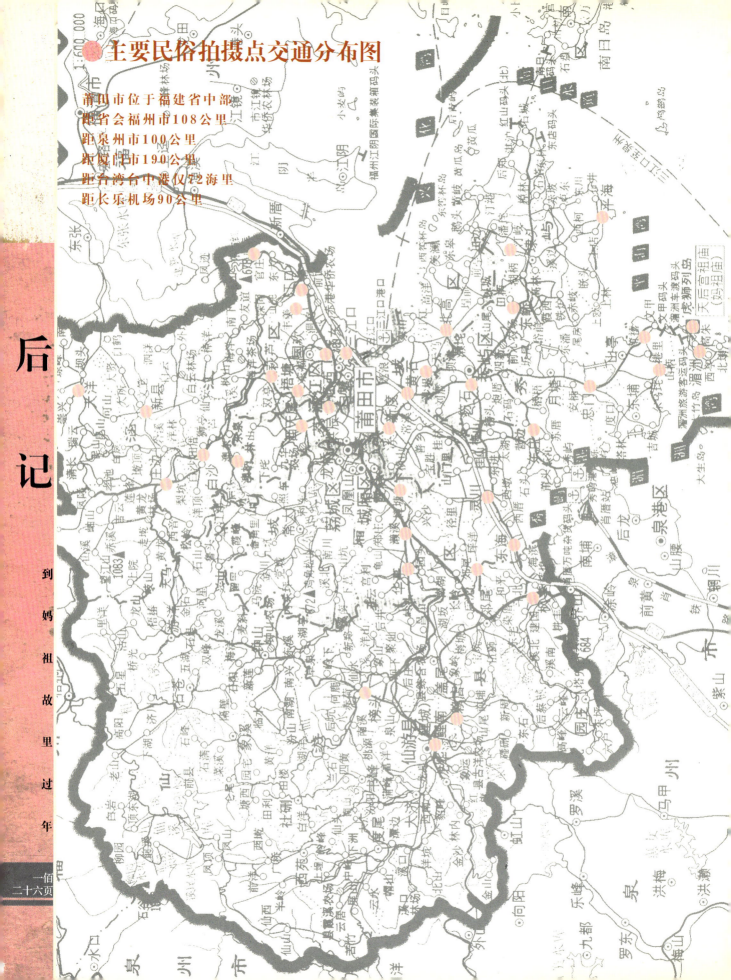

主要民俗拍摄点交通分布图

1:600,000

莆田市位于福建省中部
距省会福州市108公里
距泉州市100公里
距厦门市190公里
距台湾台中港仅72海里
距长乐机场90公里

后记

到妈祖故里过年

一佰
二十六页

当最后一篇文字稿划上句号，心里总算是松了一口气。能把这难啃的文字搞定，对我来说的确不容易。

出这本书是从无意中开始的，1994年从《三明日报》调到《湄洲日报》，春节元宵期间常到农村采访，对着热闹的场面不停地"咔嚓"。拍多了，拍久了，也拍出了一些感觉。慢慢的，从当代文明与传统文化的碰撞中，悟出了一些门道来。2000年第五届中国摄影艺术节在莆田举办，我作为市摄影家协会副主席兼秘书长直接参与了整个活动，眼界和心态有了本质上的提高，开始有意识地用镜头去记录一些原生态的历史影像。

通过十年来对莆田民俗拍摄的积累，手头的片子渐渐多了，可镜头中的场景却渐渐少了，在发展与保护的碰撞中，我产生了出集的想法。2003年在中国摄影之乡发展论坛上，杨恩璞、解海龙等名家看了我的片子后也在鼓励我。作为民俗摄影专集，仅靠画面的视觉语言显得单薄，而我更看重书的历史性、纪实性和文化内涵。既然要出集，内心的话只能由自己来说，于是，平时懒得动笔的我，开始动了真格，为此谢绝了不少应酬，有空就往农村跑，和老人聊天感受民间灵气，从中发现许多散落在民间的习俗在各种书籍中并没有记载，而这些鲜活的文化现象却在自己的眼前急剧消失，一种强烈的责任意识坚定了我出书的愿望，希望能为丰富妈祖文化的内涵做些自己很想做的事。

我不是作家，更不是民俗学者，所以不受太多的约束，只想以摄影记者的视觉，把自己多年行走乡间中看到、拍到、听到、想到、读到、忆到、悟到的民间俗事鲜活地端出来，只要读者能在这本书中捡到一点有用的东西，那我的心血就没白费了，也算是为"摄影之乡"做了一点有意思的事情。

今天这本影集的完成，可以说是本人半个世纪的人生印迹，也是给自己交出的一份答卷。

本人在"大跃进"年代出生，"红小兵"队列中成长，在"读书无用论"的年代学习，恢复高考时幸运地挤进了福建工艺美术学校大门。毕业后带着艺术家的幻想，做过产品推销，干过广告设计，当过美术教师，搞过电视专题，到了八十年代末当上了摄影记者。

摄影记者是个"跑龙套"的职业。在社会舞台中目睹着千变万化的戏剧人生，见多了，干多了，就有自己的审美观点和思考方式。就这样从拍摄、撰稿、编辑、装帧到题字都由自己独立完成，算是认认真真地秀了一次"个性"，现了一次"自我"。

说实在，能出这本书很不容易，花费了我太多的精力和财力，挤压了我太多的空间和兴趣。手头的画笔也暂时停下来，从中深感自己知识的浅薄和水平的局限。庆幸的是在这过程中得到了中华妈祖文化交流协会、市政协学习宣传和文史资料委员会、市社会科学界联合会的鼎力支持，得到了许多专家和朋友的热情相助，特别是在本书完稿后能得到乌丙安、杨恩璞两位教授作序肯定，这是对我十年民间行走的最好鼓励，也是本书的最大收获。

在此谨表谢意！

二零零六年十月于怡岚轩

清朝末年·我的曾祖父

民国时期·我的祖父

八十年代·我的父亲

世纪之初·我的家庭

图书在版编目（CIP）数据

到妈祖故里过年/徐学仕著. —福州：海风出版社，2006.10

ISBN 7-80597-635-X

Ⅰ.到… Ⅱ.徐… Ⅲ.节日－风俗习惯－莆田市

Ⅳ.K892.1

中国版本图书馆CIP数据核字（2006）第121742号

书　　名：到妈祖故里过年

作　　者：徐学仕

责任编辑：刘　克

出版发行：海风出版社

（福州市鼓东路187号　　邮编：350001）

出 版 人：焦红辉

印　　刷：福州晚报印刷厂

开　　本：889x1194毫米　1/16　8印张

字　　数：28千字

印　　数：1－5000

版　　次：2006年10月第一版

印　　次：2006年10月第一次印刷

书　　号：ISBN 7-80597-635-X /J·149

定　　价：96.00元